鯰の夫婦
居酒屋お夏 春夏秋冬

岡本さとる

幻冬舎

鯰の夫婦　居酒屋お夏　春夏秋冬

目次

第一話　鯰の夫婦

一

陽光が容赦なく照りつける夏の日のことであった。

駕籠《かご》舁《か》きの源三《げんぞう》は、相棒の助五郎《すけごろう》と高幢寺《こうとうじ》の門前で、杉木立に逃げ入るように一休みしていた。

高幢寺は、金毘羅《こんぴら》大権現社《だいごんげんしゃ》として、目黒《めぐろ》不動、大鳥《おおとり》神社と共に〃目黒三社〃に数えられる名所である。

二人は今しも、太鼓橋の南詰から乗せた客をここで降ろして、木陰で一服つけているのだが、

「ありゃあ、おかじさんだな……」

寺から出てきた三十過ぎの町の女房を見て、源三が助五郎に顎をしゃくった。

「ああ、そのようだな。まだここに通っているのか……」

助五郎は、おかじを認めて呟《つぶや》くように応えた。

「そりゃあ放っておけねえだろう」

「だが、亭主の猿《えん》さんは、家を出てもう半年くれえになるんだろ？」

「それくれえになるかなあ」

「もう帰ってこねえよ」

「お前は独り身だからわからねえだろうが、夫婦ってえのは、そう容易《たやす》く縁が切れるものじゃあねえのさ」

「源三は、女房が好きで好きで仕方のねえ男だからなあ」

助五郎はからかうように言って、煙管《キセル》で煙草《たばこ》をくゆらせた。

おかじは、下目黒町に住んでいて、竹で笊《ざる》や籠《かご》を拵《こしら》えて生業《なりわい》としている。

猿さんというのは亭主の猿三《えんぞう》のことで、夫婦で竹細工に勤しんできたのだが、半年前に夫婦の間に諍《いさか》いが起こって、家を出た猿三が寺男として高幢寺に暮らすようになったのである。

夫婦喧嘩で亭主が、

「出て行ってやらあ！」

などと外へとび出し、そのままどこかをほっつき歩く光景は、さほど珍しくはない。

とどのつまり、酔っ払って帰ってきて、翌朝からは何ごともなかったかのように稼ぎに出て、また罵《のの》り合いながら夫婦寄り添って暮らしていく――。

町にはそんな夫婦がごまんといる。

だが、猿三、おかじ夫婦には随分と込み入った事情があるらしい。

男が新たな女のところへ転がり込んだわけではない。

寺男となって暮らしていて、そこへ女房が出向いているというのであるから珍しい。

「ちょいと、声をかけてみるか」

源三は、参道を行くおかじが木立の前を通るのを見て立ち上がった。

「そうっとしておいた方が、いいんじゃあねえのかい」

助五郎はまるで興味を示さなかったが、夫婦仲のよさには定評のある源三は、ど

うも放っておけないようで、

「お前は薄情な男だねえ。声をかけてやることで、ちょっとは気が晴れたりするもんなんだよ」

と言い置いて、おかじに近寄ると、

「猿さんに会ってきたのかい？」

努めて明るく声をかけた。

「何だい源さんかい。お客を乗せてきたのかい？」

「ああ、それであんまり暑いから、相棒と木陰で一服していたところさ」

木立の中で、助五郎が会釈をした。

おかじも会釈を返すと、

「相棒は相変わらず独り身かい？」

「ああ、呑気《のんき》なもんだぜ」

「それが何よりさ」

ふくよかで、とびきりの明るさが身上のおかじであるが、今はぼんやりとしていて、声にも張りがなかった。

「猿さんは達者にしていたかい」

源三は再び水を向けた。

「こっちも相変わらずさ」

おかじは溜息交じりに言った。

「何を言っても暖簾《のれん》に腕押しでさあ。生きながら死んでるってところだね」

「そうかい、そいつはいけねえなあ。だが諦めちゃあいけねえよ。きっとお前さんの情に心が動いて、また元通りになる日もくるだろうよ」

「さあ、どうなのかねえ……。でも、もうちょっと頑張ってみるよ。ありがとうね……」

おかじは小腰を折るとその場から立ち去った。

源三の気遣いには喜んだものの、目は虚ろで、歩く足取りも重たかった。

「大丈夫なのかねえ……」

源三の嘆きは、それからすぐに、行人坂上《ぎようにんざか》にある、お夏《なつ》の居酒屋に持ち込まれた。

相棒の助五郎は、あまり酒が好きではなく、常連客が賑やかな時分には滅多に現れないが、昼間に飯を食べに、源三とよく居酒屋を訪れる。

この日も遅めの中食《ちゅうじき》をとり、

――源三もお節介な男だぜ。

と、呆れ顔で黙々と山盛りの飯を食べていたのだが、

「あれじゃあ、おかじさんも、そのうちおかしくなっちまうぜ……」

源三はやはり気になるのか、お夏と清次《せいじ》に今の、猿三、おかじ夫婦の有様を、訴えるように報《しら》せたものだ。

自分のところが夫婦円満であるゆえ、他所《よそ》もそうであってもらいたいと考える源三のやさしさは買うが、

――夫婦のことは他人がとやかく言うことじゃあない。

お夏の想いは、むしろ助五郎と同じである。

とはいえ、猿三とおかじは時として、子連れで店に来てくれたこともあり、店で使っている笊や籠も、夫婦が拵えた物ばかりであった。

昨年の夏に、千住《せんじゅ》の市蔵《いちぞう》こと、小椋市兵衛《おぐらいちべえ》との死闘によって店が焼けてしまった後、新装開店に当っては、随分と世話をしてくれたものだ。

お夏としては、突き放してばかりもいられなかった。

「猿さんが寺で暮らし始めて、もう半年にもなるのかい……」

それなら時には声をかけてやってもよいだろうとは思っている。

その想いはもちろん清次にもある。

「ちょうど新しい笊が欲しかったところですから、後で求めがてら、おかじさんの様子も見てきましょう」

清次はそう言って源三を喜ばせると、夕方の忙しくなる前に店を出て、おかじの家へと走った。

通りに面した表長屋の隅が、作業場と売り場を兼ねた彼女の家で、かつては表にはみ出るほどに、笊や籠、魚籠《びく》なども並べられていたものだが、この日は数えるほどしか品物はなかった。

「おかじさん……」

清次は、店の奥で竹ひごを前にぼんやりとしているおかじに声をかけた。

「おや、清さん、いったいどうしたんだい？」

心ここにあらずといったおかじは、清次の声で我に返ったらしく、素っ頓狂な声をあげた。

「どうしたもこうしたもねえや。盆笊を買いにきたんですよう」

「ああそうだねえ……。うちは笊屋だからねえ……」

「うちは居酒屋で、笊はここの物と決まっているのでねえ」

「ふふふ、嬉《うれ》しいことを言ってくれますけどねえ。生憎《あいにく》近頃はわたし一人じゃあ、拵えるのが追いつかなくて、そこにあるだけしかないのですよ。どれでも好きなのを持って帰ってくださいな」

おかじは、少し投げやりな物言いで、陳列してある笊を指さした。

残っている盆笊は三枚しかなかった。

出来はどれも悪くはないが、猿三と二人で拵えていた時と比べると、ところどころ編み目にむらがあったり、端から僅《わず》かにひごの切れ端が覗《のぞ》いていたりしている。

それでも板場で使うのには障りがない。

清次は二枚選んで、

「そんならこれをもらっていきやすよ。いくらだい?」

と、問うた。

「五十文でいいですよ……」

「そんなものでいいのかい？」

「大したできでないのは、見りゃあわかりますからね。それよりもらうわけにはいきませんよう」

「いや、できは悪くねえが、それじゃあ、ありがたくもらっていきますぜ」

清次は、しばらく笊を眺めてから、ゆったりと代を置いた。

夫婦で拵えている時は、互いの品の粗を見つけ合っていたから、出来上がった物はどれも寸分の狂いもなかった。

それが今は、おかじ一人が拵えている。

一人となれば働き甲斐《がい》もない。

帰ってきてくれと促しても、猿三は世捨て人のようになって高幢寺の外へ出ようとはしない。

そのような状態で、よい物が出来るはずがなかった。

おかじはそのことを自分自身よくわかっているらしい。

清次は何か言葉をかけたかったが、先ほど猿三と会ってきた時の空しさが、元来陽気なおかじの気を萎《な》えさせるほどに尾を引いているものと思われる。

源三の想いにほだされて様子を見にやって来たが、ここは余計な話はせずに、あらゆる言葉を呑《の》み込んで、あくまでも笊を買いにきた流れで店に戻るのが何よりだと、清次は分別したのだ。

「そんならおかじさん、たまには店に一杯やりにきておくれよ」

彼はそれだけを言い置くと、笊を抱えて居酒屋に戻ったのである。

二

清次が居酒屋に戻ると、お夏はやれやれといった表情で、買って帰った笊を眺めながら、

「源さんの言う通りだ。おかじさんも、これじゃあ身が持たないねえ」

と、渋い表情を浮かべた。

日頃は放っておけばよいと口にしながらも、目黒不動の門前に行った折は、さりげなくおかじの家を覗いていたお夏であった。

「清さん、どうだった、おかじさんは？」

などと問わずとも、清次の表情と笊を見れば、おかじの今の心境がわかるらしい。

俠気《きょうき》に生きた亡父・相模屋長右衛門《さがみやちょうえもん》の遺志を受け継いで人助けに生きるお夏としては、明らかに不幸せに陥っている一組の夫婦を、

——他人がとやかく言うことじゃあない。

と、切って捨てるわけにはいかなくなってきた。

そうこうするうち、居酒屋には続々と常連客が押し寄せてきた。

どうやら源三が、方々でおかじと高幢寺の門前で会ったと話したのであろう。

夫婦のことが気になりつつ、そっと見守ろうとしてきたお節介な連中が、

「そういやあ、猿さんとおかじさんはどんな具合なんだい？」

などと思い始めていた頃でもあり、今宵の酒の肴《さかな》にしようと企んでいるのは容易に想像がつく。

案の定、源三に続いて常連客肝煎《きもいり》の口入屋・不動の龍五郎《りょうごろう》がやって来ると、

「源三、お前、おかじさんに会ったそうじゃあねえか、随分とふさぎ込んでいたんだってなあ……」

さっそく話を切り出して、

「何とかしてやらねえといけねえや」

と腕組みをしてみせた。

客達は龍五郎に倣うと、竹細工の猿三、おかじが別れて暮らすようになった経緯《いきさつ》を改めて辿《たど》ってみるのであった。


猿三とおかじは父親同士が友達で、兄妹のように育ち、大人になるとそのまま夫婦になっていた。

猿三は父親の跡を継いで竹細工の職人となり、指物師の娘であったおかじは、父親譲りの手先の器用さで、夫の仕事を手伝い、やがて笊を作らせると誰にも引けをとらないまでになった。

しかし、おかじのこの器用さがいけなかったのかもしれない。

竹細工をある程度任せられるとなると、猿三はもうひとつの仕事に精を出すようになった。

その仕事とは、〝釣り〟であった。

猿三は釣りの名人として知られていて、特に鯰《なまず》釣りにかけては彼の右に出る者はいなかった。

「鯰釣りのこつは何だい?」

と問われると、

「それがよくわからねえんだ。この辺りにいるんじゃあねえかと、どういうわけか勘が働くんだなあ」

猿三は恥ずかしそうに応えたものだ。

こつを教えるのが嫌だからではなく、本当にそうらしい。

かといって、猿三の傍《そば》について釣りをしても、これがさっぱり釣れない。

業を煮やして釣り場から離れると、その途端に猿三は釣り上げる。

不思議と猿三だけに寄ってくるので、いつしか釣り仲間からは〝鯰の猿三〟と呼ばれるようになったのだ。

鯰の他にも、鰻《うなぎ》、鯉など、主に川釣りを旨とし、立派な魚は目黒不動門前の料理屋で高く売れた。

猿三は、お夏の居酒屋にもよく飲みに現れたから、時には大鯰を持ち込んで、

「清さん、これで何か拵えておくれよ。そうだなあ、すっぽん煮にしてもらおうか」

と、注文することもあった。

そんな日は、食べ切れぬ鯰のお相伴に与《あずか》る客もいるので、代はその客から安く取り、猿三からは代を取らぬのが決まりとなっていた。

猿三はこの居酒屋が好きだったから、

「小母《おば》さん、他所には内緒だよ……」

と言って、お夏にだけは格安の値で魚を分けてくれたので、お蔭で居酒屋はその日の品書に困らなかったことも多々あったのだ。

もちろん、釣りは猿三にとってはあくまで道楽であり、これで方便《たつき》を立てるつもりなど毛頭なかった。

だが、時には金になれば、これはもう副業といえるから、猿三としては大義名分も立ち、本業をおかじに任せて釣りに出かける回数も次第に増えていったのである。

おかじはそれにつれて、

「お前さんは、釣りの腕も大したものだろうけど、竹細工の方が本分で、こっちでも名人と言われているんだから、ほどほどにしておくれよ」

そんな文句を言うようになった。

すると、猿三はもうひとつの大義名分として、

「太郎吉《たろきち》が連れていけと言って聞かねえんだよ」

と、五歳になる息子を持ち出した。

太郎吉は、おかじに似て明るく活発で、悪さをしては親を困らせたが、猿三が釣りに連れていってからは、釣り名人の父親を尊敬したのか、

「太郎吉、お前、悪さをすると釣りに連れていってやらねえぞ」

と猿三が言うと、たちまち大人しくするようになった。

そうなるとおかじも甘くなり、

「川岸は危ないから、暗くならないうちに帰っておいでよ」

と言って送り出すようになった。

息子が父親を敬うのは何よりだし、太郎吉が猿三について釣り場に行っている間は、やんちゃ坊主に手を煩《わずら》わされることもない。

——ふん、釣りのどこがおもしろいんだろうね。

亭主と息子へのやっかみもあって、いささか気にいらないが、そこは許してやろうと思うようになったのである。

ところが昨年の初冬に悲劇が起こった。

猿三はいつものように太郎吉を連れて、こりとり川（目黒川）上流の釣り場へと出かけた。

それほど急な斜面のない岩場が、いつもの釣り場である。

「今日は大きいのが釣れそうだぞ」

猿三は太郎吉に頬笑んで、颯爽と釣り竿を揮《ふる》った。

竹細工の職人である猿三は、釣り竿作りにも長《た》けていて、近頃はこれも売れるようになり、釣り道楽の新たな大義名分になりつつあった。

浮きが川面に浮かぶのを、太郎吉が嬉しそうに身を乗り出して眺めた刹那、大きな地鳴りがした。

俄《にわか》なことに猿三は体勢を崩し、岩の隙間に足を突っ込み強打した。

痛みに耐えつつ足を引き抜くと、太郎吉の姿がない。

太郎吉はこの揺れに足を滑らせ川に落ちたのだ。

「太郎吉！」

叫ぶと再び地面が揺れた。

猿三はさらに岩に頭を打ちつけ、ふらふらしつつ、足を引きずりながら太郎吉の姿を求めたが、そのような体では思うに任せない。

やっと下流の岸辺で太郎吉を見つけた時には、既に愛息は冷たくなっていたのである。

「太郎吉……！」

あまりの衝撃に、猿三は太郎吉を抱きしめながらしばらく駆けたが、やがて彼も息子を抱きしめたまま気を失ってしまった。

おかじのこの時の悲哀は、凄《すさ》まじいものであった。

行き場のない怒りは、当然のごとく猿三に向けられた。

地面が揺れたのは猿三のせいではない。

それを予見出来た者は誰もあるまい。

だが、まだ幼い我が子を危ない岩場に連れていって、少しばかり地鳴りがしただけで死なせてしまうとは、

「あんたは、なんてのろまなんだい！」

と、詰《なじ》らずにはいられなかった。

確かにその時、地震は起こったが、町を見廻《みまわ》しても倒壊した家屋はなかった。

その岩場だけが大きく揺れたのなら、

「そいつは鯰のたたりだよ！」

と、おかじには思えた。

昔から、鯰が暴れると地震が起こるとの言い伝えがあった。

何かというと好《い》い気になって釣りに出て、〝鯰の猿三〟などと呼ばれて悦に入っているから仕返しをされたのだと、彼女は真剣に考えたのだ。

「すまねえ、面目ねえ……」

痛めた足をさすりもせずに、猿三はおかじに謝まり続けた。

兄妹のように育って夫婦になったのだ。

おかじは猿三を詰ることで気持ちを落ち着けるのに、遠慮をしなかった。

互いの両親は既に亡くなっていた。甘えられるのは猿三しかいなかった。

猿三は、それを受け止めてくれると思っていた。

それがわかる猿三は、釣りを止めて、日々、おかじの怒りを受け止めて、女房を労《いたわ》り続けたのである。

そのうちに、おかじも気持ちが落ち着いてきた。

太郎吉の死の哀しみは拭えないが、この先、また夫婦に子が授かるかもしれないではないか。

自分が苦しんだ以上に猿三は苦しんだはずだ。

この先は、互いに心の傷を埋め合いながら寄り添って生きていこう。

そう思い決めたおかじであったが、女房の怒りが収まり、労りの言葉もかけてくれるようになると、猿三はほっとしたのであろうか。

今度は彼が気うつを患うようになった。

おかじは猿三を責めることで、一時の哀しみから逃げられたが、猿三には怒りや腹立ちを鎮めてくれるものはなかった。

ただ自分の心と体の中に呑み込んで蓋をするしか出来ないでいた。

それが、彼のやる気をすべて奪ってしまったらしい。

おかじが何を言っても上の空で、

「お前さん、聞いているのかい？」

と、問うと、

「ああ、聞いているよ。すまなかった……」

すぐに謝まる。

こんなことなら、釣りにでも出かけてくれた方が、かえって気が楽だとは思ったが、それを言えば猿三の心の傷が痛むであろうと、

「たまには外の風に当っておいでな。すっきりするよ」

と勧めてみた。

「そうだな。それもいいなあ。すまないな」

猿三はここでも謝まると、ひとまず寺社を詣でて外歩きをした。

すると少し元気を取り戻したかに見えたが、なかなか戻ってこない日も増えた。

おかじは心配した分だけ詰ってやろうかと思ったものの、それでまた猿三が打ち沈んでしまってもいけないと思い、好きにさせておいた。

すると、ある日のこと、

「ちょっと外の風に当ってくるよ。すまないねえ」

と、出て行ったまま帰ってこなかった。

おかじは慌てて、方々捜し回ったが、見つからず、家を出てから二日後に、高幢

寺にいるとわかった。

猿三はあちこちの寺社で、太郎吉の御霊を弔うと、何かにとり憑《つ》かれたように徘徊し、高幢寺の境内で眠りこけていたのだ。

社僧がそれを見つけて遣いを送り、おかじに知らせてくれたのである。

おかじは猿三を連れて帰ったが、それから猿三は何度も高幢寺の境内で眠りこけるようになった。

「あすこで眠ると、どういうわけだか、太郎吉の夢を見られるんだよ……」

と言うのだ。

社僧は事情を知ると猿三を哀れに思って、今まで勤めていた寺男も歳《とし》をとったゆえに、それを手伝う形で、しばらく寺にいて気うつを治せばどうかと勧めてくれた。

この寺で死んだ息子の夢を見るのも何かのお引き合わせであろう、思うがままにいれば、そのうちに気も鎮まるのではないかと言うのだ。

おかじは渋ったが、

「おれはここに置いてもらうよ……」

猿三は、ほっとしたような表情となり、それからは寺の雑務をこなして、高幢寺に住みついてしまった。

「まずそのうちに、ここでの暮らしにも飽きましょう。そうして女房殿のありがたみもわかるというものじゃ」

猿三とおかじには、太郎吉の死によって、いつの間にか深い溝が出来ているように思える。

少し間をとるのが何よりだと、重ねて社僧が説いたので、おかじも遂には折れて、

「それではお言葉に甘えさせてもらいます」

と、猿三を高幢寺に預けたのである。

それから、おかじはせっせと寺へ通い、亭主に会って心の具合はどうだと訊《たず》ねてみるのだが、

「すまないねえ。おれはなかなか寺の外へ出られそうもないよ……」

という言葉を繰り返すばかりで、もう半年になろうとしているのだ。

三

「猿さんも、苛々《いらいら》する男だなあ」

お夏の居酒屋では、口入屋の番頭である政吉《まさきち》が、猿三へのやるせなさを募らせていた。

「三日にあげず、女房が会いにきてくれているんだろ？　もういい加減にふん切りをつけて帰ってやればどうなんだい」

一日中、寺の掃除や雑用をこなして、外へは出ないというのは、いったいどういう料簡なのか。自分にはさっぱりわからないと言うのである。

「政、手前《てめえ》の間尺で、ものを考えちゃあいけねえや」

龍五郎がそれを窘《たしな》めた。

「子を失った親の嘆きは、計り知れねえほど深いものなんだよ」

「そりゃあわかりますけど……」

「何かしようと思ったたって、まったくやる気が起こらずに、ただぼんやりとしてしまうことだってあるのさ」

「そんなもんですかねえ……」

「そういうものさ……」

それが気うつというものだと、龍五郎は熱く語った。

「親方は、幼い子供を死なせてしまったことがあるのかい？」

黙っていようと思ったお夏であったが、わかったような顔をする龍五郎を見ると、つい食いつきたくなるらしい。

「子を持つ親なら、その気持ちがわかると言っているんだよう」

「だからって、あんたは寺に籠ったりはしないだろう」

「当り前だ！　色んな苦しみや哀しみを乗り越えて、人様の役に立てるように生きるのが男ってものじゃあねえか！」

「てことは、口入屋、あんたに猿さんの気持ちなんてわかるはずがないじゃあないか」

龍五郎は言葉に詰まって、

「うるせえ婆《ばば》ァ！　おれは猿さんみてえにはならねえが、気うつを病む道理はわかると言っているんだよう！」

いつものように口喧嘩《くちげんか》で応えた。

「そんなら、親方がおかじさんに助け船を出してあげて、元の暮らしに戻るように取次いでやったらどうなんだい」

　お夏はニヤリと笑った。

「そいつはできねえ」

「どうしてだい？」

「気うつは立派な病だ。こいつを治すのは医者の役目だ」

「なるほど、うまく逃げたねえ」

「逃げたんじゃあねえや。気持ちがわかっても、おれにはどうすることもできねえ。だから、長い目で見てやらなきゃあならねえと言っているんだよう。先生、そう思いませんかい？」

　そして龍五郎は、店の隅で一杯やっていた町医者の吉野《よしの》安頓《あんとん》に声をかけた。

「うむ、まあ、親方の言う通りじゃな……」

　安頓は、三日月のようにしゃくれた顎を撫《な》でながら、難しい表情を浮かべた。

　彼は何の気なしに居酒屋に飲みにきていたのだが、お夏と龍五郎の口喧嘩が、自分に廻ってくるのではないかと気が気でなかったのだ。

　安頓も、猿三、おかじ夫婦の事情はよく知っていたので、以前から気になっていたところでもあった。

「気うつというのは、立派な病じゃ。政さんにしてみれば、すんだ話をいつまでも心の中に引きずっていないで、前を見て生きたらいいと思うのだろうが、前も見えなくなって、生きる力をなくしてしまっては、自分が自分でなくなってしまう。だからどうしようもないのだよ」

安頓は、医者としての所見を述べて、猿三を慮《おもんぱか》ってやった。

酔っ払いで風狂の人ではあるが、安頓は名医として通っている。

常連達は、猿三に想いを馳せて、

「おれも正直言うと、政さんと同じ想いだったけどよう……」

「猿さんは、苦しみが過ぎて、おかしくなっちまったんだなあ」

「悪く言ってやっちゃあいけねえや」

などと、口々に言い合った。

政吉はそんな声を取りまとめつつ、

「だが先生、病というなら、ここは医者の出番じゃあねえですか」

と、安頓に言った。

「おいおい、わたしに治してやれと言うのかい？」

安頓は顎を突き出した。

「病は気からって言うじゃぁありませんか。先生なら治しように心当りもあるはずだ」

「うむ、政の言う通りだ。ここはひとつ、おかじさんの助っ人をしてやっちゃあくれませんかねえ」

龍五郎が続けた。

「親方も皆もそう容易く言ってくれるな。わたしも医者を生業としているのだ。当のおかじさんから頼まれてもいないのに、助っ人をするなどとは、おかしな話ではないか」

安頓は面倒なことになったと、頭《かぶり》を振った。

「先生、そんな薄情なことを言っちゃあいけませんぜ」

龍五郎は食い下がる。

今日皆が居酒屋に集まったのは、猿三とおかじを以前の暮らしに戻してやる方策を考えるためである。智恵を出し合い、何らかの成果をあげねばならないのだと彼は言う。

「おかじさんだって、心の内では先生に縋《すが》りたいところだが、遠慮をしているに違いねえんだ」

「遠慮を？」

「へい。熱が出たとか、腫《は》れものができたとか、怪我《けが》をしたとかいうなら先生に診てもらいもできるが、猿《づら》さんは寺の用は立派に務めているんだ。そんな様子で、診てやってくれとは頼み辛いじゃあねえですか」

「その頼み辛い様子を承知で、わたしに面倒を見てやれと？　酷《ひど》い話だ……」

居酒屋の人情はわかるが、平気で大変な話を持ちかけてこられては堪《たま》らない。

「女将《おかみ》さん、何とか言ってくれませんかねえ……」

安頓はお夏に助けを求めた。

居酒屋でのこんな世間話が膨らんで、自分にお鉢が回ってくるのは勘弁してもらいたい。

お夏は、客同士が酒で盛り上がって、頼まれてもいないことに、お節介を焼くのを見かけると、

「面倒を店に持ち込まないでおくれよ」

と、嫌がる性分のはずだ。

しかしお夏は、

「でも先生、医は仁術なんて言うじゃありませんか。そっと様子を見てあげたらどうなんです？」

意に反して客達の話に乗ってきた。

「さすがは婆ァだ。好いことを言ってくれるぜ。そうだ、医は仁術だ。先生だって、これまでは随分と、頼まれてもいねえ話に首を突っ込んできたじゃあねえですか」

これで龍五郎は勢い付いた。

「いや、確かにわたしも、あれこれと物好きなことはしてきたが、今度ばかりはお節介の焼きようもない」

安頓は尚も渋ったが、お夏にしてみても、猿三、おかじ夫婦については気になっていた。

猿三が今、どのような様子なのかは、医者である安頓が確かめるのが何よりだと思っている。

「だから先生、助っ人を買って出たりすると、引っ込みがつかなくなるから、まずはそうっと夫婦の様子を見ておあげなさいな」

「そうっと見る……」

「その上で、こいつは手に負えないと思ったら引き上げたら好いし、先生の目から見て気付いたことがあったら、たまたま見かけたようなふりをして、おかじさんに耳打ちしてあげたらどうです？」

「婆ァ、ますます好いことを言うぜ」

龍五郎も、ここはお夏と手を組んで、

「うちの若え《わけ》のを笊屋に張りつかせておいて、おかじさんが出かけるのを見計らって、お報せにあがりますぜ」

と、持ちかけた。

「何なら、あっしが駕籠でお迎えにあがりますぜ」

と、源三も話に乗った。

さらにお夏が、

「気うつの療治もできるようになったら、吉野安頓の名はますますあがりますよ。

まず、猿さんで試してみるって手もあるんじゃあないですかねえ」

と、説くと、

「なるほど、医者としての幅が広がるのも悪くはありませんな……」

そもそもが物好きな医者である。

話を聞くうち調子に乗ってきた。

「そうじゃな。皆がそう言うなら、様子だけでも見てみましょう！」

とどのつまりは引き受けて、大いに場を盛り上げたのであった。

四

口入屋・不動の龍五郎の若い衆である長助《ちょうすけ》が、吉野安頓を呼びにきたのは、その二日後の正午であった。

同じく口入屋の若い衆・千吉《せんきち》と二人で、おかじの動きを見張っていたところ、この日もおかじが握り飯を竹の皮に包んで家を出て、高幢寺の方へ向かっているのを確かめたという。

「おかじさんも精が出るというものだ」

安頓は、半年の間、気力の萎えた亭主を見捨てず諦めず、せっせと会いに行くおかじを偉いと思った。

この日は夏羽織を羽織らず、格子縞の単衣に三尺を締め、菅笠《すげがさ》を被《かぶ》るという、遊客の風体を装い、高幢寺への道を一人辿った。

こんな風に、そっと人をつけるのも楽しいものだと、源三が勧めてくれた駕籠には乗らなかったのだ。

あんなに渋っていたのが嘘のように、安頓は踊るような足取りで、金毘羅坂を上った。

「おかじさんだな……」

行く手に、とぼとぼと道行くおかじの姿が見えてきた。

元来が陽気で、道行く姿はいつも力強いおかじが、今は一回り小さく映った。

「なるほど、皆が気に病むのも無理はないな……」

笠の下で安頓は頷《うなず》いた。

面体を隠すつもりの笠であるが、にゅっと外へ突き出す顎で、安頓とすぐに知れる。

しかし、そんな心配もいらぬほどに、おかじは周りに目もやらず、ただ前へふらふらと歩いている。

――気うつは、人にうつるらしい。

安頓はひとつ学んだ。

薬の調合の折に使う匙《さじ》は、猿三が拵えたものが何より使い易く、安頓もまた猿三が寺に引き籠ってしまったので、実は困っているところであった。

――元の暮らしに戻ってもらいたいものだ。

何よりも、駕籠屋の源三が言っていた以上に、おかじは精彩を欠いている。

やがて高幢寺の境内へ入ると、おかじは老いた寺男と共に落ち葉を掃き清めている猿三の姿を認め、老人の方を見て小腰を折った。

「おかじさんかい。いつもすまないねえ」

老人は、おかじが余分に拵えてきた握り飯の包みを彼女から受け取ると、

「猿さん、そんなら一服しよう。お前さん、こうしてわざわざきてくれているんだから、もっとしっかり話をしてあげないといけないよ……」

猿三にそのように言い置いて、その場から立ち去った。

彼の言葉や仕草の端々から、この夫婦への労《ねぎら》いと、苛立つ想いが見え隠れしている。

半年の間、三日に一度は顔を合わせつつ、一向に元の鞘《さや》に収まらない二人を見ていると、老人もやり切れぬのであろう。

安頓は、植込の陰の切り株に腰をかけて竹の皮を広げる猿三とおかじの前を通り過ぎると、松の大樹の陰に身を潜め、そっと二人の様子を窺《うかが》った。

猿三とおかじは、自分達を珍しがって見る者などいるとも思わぬのであろう。人目を気にせず二人並んで握り飯を食べ始めた。

半年以上も別れて暮らしているというのに、夫婦というのはおかしなもので、自《おの》ずと座る位置も決まっているらしい。

迷いだらけの二人だが、猿三が腰を下ろすと、当り前のようにおかじは右に座った。その姿は妙に収まりがよい。

安頓は懸命に聞き耳を立てた。

しかし、二人はもう話すこともないのか、ただ黙々と握り飯を食べるばかりであった。

訪ね始めた頃は、虚ろな猿三を、おかじが何とか守り立てようと、あれこれ近所で起こった騒動などを、おもしろおかしく話し聞かせたのに違いない。

しかしその努力は、これまで実を結ばなかったと見える。

それでも、猿三とて何か女房に話さねばならないと思ってはいるようだ。

「お前はひょっとして、おれがこうなっちまったのは手前《てめえ》のせいだと思っているんじゃあねえだろうなあ」

やがてぼそぼそと、おかじに話しかける声が聞こえてきた。

「ああ、思っているよ」

おかじは、猿三の声を聞いて少しほっとしたように頷くと、

「お前さんを責めてばかりいたからねえ。あれじゃあ、誰だって参っちまうよ」

溜息交じりに応えた。

「そう思っているのかい」

「今さら訊ねるまでもないだろう。もう半年の間、同じことを言っているじゃあないか」

「何度でも言うが、お前は毛筋ほども悪かあねえや。悪いのはみんなおれなんだ。お前はいつもしっかりとしていたよ。お前の言うことをしっかり聞いていりゃあ、太郎吉が死ぬこともなかったんだ。お前がおれを責めるのは当り前だ」

「言い返せない相手に、毒づいてばかりいる女なんて、わたしは許せないねえ」

「自分をそんな風に責めちゃあいけねえよ。おれみてえな腑抜《ふぬ》けになっちまう」

「そう思うなら、もうそろそろ帰ってきておくれよ」

「お前がそれを望んでくれるのはありがてえが、やっぱりいけねえ……」

「何がいけないんだよ」

「ここを出て、家へ戻ったところで、おれはお前の役には立てねえ。お前をかえって苦しめるばかりだと思うのさ」

「わたしは、ちょっとやそっとで苦しまないよ」

「おれはお前のように強くなれねえのさ。あの家には太郎吉の面影が、あちこちに残っている。そこにいると、おれはどうなってしまうかわからねえ。それが恐くて仕方がねえんだよ」

「恐い？　わたしは相変わらずあの家に一人でいて、笊や籠を拵えながら、太郎吉を思い出して、毎日暮らしているんだよ。わたしはどうなってもいいってえのかい？」

「そんなことは思っちゃあいねえさ。おれがいると、お前にも迷惑をかけるだろうから、ここにいるんだよ」

「迷惑？　いたっていなくたって、わたしにとっちゃあ迷惑だよ」

「すまねえ……」

「後生だから、謝まらないでおくれ」

話すうちに、おかじの感情も激してきたが、しおれたままの猿三を見ていると、すぐにその勢いも萎えてきた。

安頓はその様子を見て低く唸《うな》った。

――この繰り返しに、おかじさんは疲れてしまったのじゃな。

愛息・太郎吉の死を、すべて自分のせいだと悔やみ、女房に詫《わ》びる猿三は、何をもって自分の禊《みそぎ》の終りとするのかが見えないでいる。

しかし、この寺にいると、どういうわけか太郎吉との好い思い出ばかりを夢に見る。

それを、霊験と捉え、一日中神仏に縋りながら暮らす日々に、彼は安穏を覚えているのであろう。

女房のおかじは、ひたすら夫を責めたことを自省し、帰りを促すが、家へ戻ると太郎吉を死なせてしまった現実と、本来合わす顔のない女房と日々向き合わねばならない。

これに耐え切れなくなった自分は、何かとんでもないことを起こしてしまい、おかじにさらなる迷惑を及ぼすのではないか——。

猿三はそのように思っているのだ。

おかじは、猿三の想いを長年一緒にいるだけに理解している。

彼の想いに邪《よこしま》なものは何もない。

それだけにやり直せると思って、根気よく凍りついた猿三の心の内を溶かさんと会いに通ってきたのであろう。

「おかじ、おれのような甲斐性なしの臆病者に、いつ見切りをつけたって構いはしねえよ。お前は、お前の幸せを求めてくれりゃあそれで好いよ。おれなんかに気を遣う謂《いわ》れなどねえんだからよう……」

猿三は握り飯を食べ終ると、力なく想いを告げた。

こうしていつも、この言葉でおかじと別れるものと思われる。

猿三は、うなだれるようにして、おかじから目を逸らした。

おかじはゆったりと立ち上がると、右手の甲で額の汗を拭って、

「またくるよ……」

低い声で言い置いて、境内を後にしたのであった。

安頓は、しばし松の大樹の陰に立ち尽くした。

いくらおかじが陽気でしっかり者でも、毎度毎度、亭主とこんな風に言葉を交わして別れるばかりでは、心が折れてしまうであろう。

「もう、おれなんぞに会いにくるこたあねえんだ。二度とここにはくるんじゃあねえ！　お前はお前の道を行くがいいや」

はっきりと厳しく言われたら、ふん切りがつくかもしれない。また、それに反発する気持ちが、心を鼓舞してくれるかもしれない。

だが、猿三の妙なやさしさと力のなさは、おかじに切なさばかりを与えるのだ。

「う〜ん……」

安頓はまたひとつ唸った。

お夏は偶然を装い、おかじに声をかけてやれと言ったが、この日もまるで成果を得られず、

「……おれのような甲斐性なしの臆病者に、いつ見切りをつけたって構いはしねえよ……」

などと言われてしまった直後には、かける言葉も見つからなかった。

こんな面会が半年以上続いているのであれば、おかじなりに気を鎮める術《すべ》を見つけているのに違いない。

下手に声をかけることで、おかじの調子を崩してしまってもいけない。

安頓は、胸の内がむかむかとしてきた。

猿三に対する怒りが湧いてきたわけではない。

気うつは立派な病である。

それを知りつつ、医者の自分が別れ行く夫婦に何も出来ずにいることが、情けなかったのだ。

寺から立ち去るおかじは、放心していて足もともおぼつかないが、これではいけ

ないと自分を鼓舞しているのであろう。

歩みを進める度に、しっかりと地面を踏みしめて、足取りが落ち着いてきた。

――女は強い。

愛息を死なせてしまったという罪を背負い、明確な悲嘆と向き合っている猿三の方が、考えようによっては、おかじよりも気が楽なのかもしれない。

安頓は頭の下がる想いであった。

それほどのおかじに、今の自分が取り繕った言葉をかけて何になろう。

――だが、おかじさんの心も、いつまで持つか知れぬ。何とか夫婦の絆を元に戻してやりたい。

その妙案が思いつかぬ自分に苛立ち、安頓の胸の内はむかむかとするのだ。

猿三はというと、時折空を見上げながら境内の掃除をしている。

境内のところどころに設けられた柴垣や柵を検《あらた》める姿は、目に力が宿っている。

太郎吉の夢を見るこの聖域を、ひとつたりとも汚してはならないという意識がそうさせているのかもしれない。

その気持ちがあるなら、彼が家に戻って、再び竹細工に精を出すことも叶うはずだ。

安頓は、このまま寺を出るのも憚《はばか》られて、猿三に声をかけてみようと思い立った。

笠を脱いで傍へ寄ると、ぎょろりとした目にしゃくれた顎が一見いかつい安頓である、何者が自分に向かってきたのかと、虚ろな猿三の目が丸くなった。

「猿さん、わたしだよ。吉野安頓だ」

安頓は、精一杯の笑みを浮かべてみせた。

「ああ、先生でしたか……」

僅かに猿三の口もとが綻んだ。

「近くに用があってな。参りにきたら、知った顔を見つけたというわけじゃな」

「左様で……」

「お前さんがいないので、薬の匙に困っていますぞ」

「それは申し訳ありません」

「せめて、おかじさんに拵え方を教えておいてもらいたいものじゃな」

と、安頓はさりげなくおかじを話に登場させた。

「先生、生憎わたしは、おかじにものを教えられるような男じゃあございませんからねえ……」

猿三は、ふっと溜息をついたが、相手が医者だけに、何か話したくなったのかもしれない。

黙り込むことなく、ぎこちないながらもそんな言葉を継いだ。

「ここでの暮らしも悪くはなさそうじゃな。わたしも僧坊のひとつも借り受けて、医院を開いてみようかのう」

安頓がそう言うと、

「勘弁してくだせえ。ここに先生がいると、毎日あれこれと叱られそうで、おっかねえですぜ」

と、軽口も出た。

安頓はすかさず、

「どうしているかと思ったら、すっかりと寺男が板についたようだ。ああ、そうだ、今度わたしが竹と道具を持ってくるから、ここで匙を拵えてくれないか」

と、頼んでみたが、

「いやいや、ご勘弁を……。もう浮世のことは忘れてしまいました……」

置いて、そこに腰を掛けて話を聞いた。

「なるほど、おかじさんには声をかけられませんでしたか……」

安頓の話を聞くと、〝さもありなん〞と、龍五郎は頷いたが、

「その調子じゃあ、さすがのおかじさんも参っちまうでしょうねえ」

と、おかじを気遣った。

一同の想いは、自ずと猿三の不甲斐なさに向けられた。

そもそも猿三に不満を抱いていた政吉は、

「やっぱりおれは苛々するぜ……」

と、怒りを募らせた。

「吉野先生が、気を遣って話してくださってるってえのに、なんだ？　〝どうしたら、楽に死ねますかねえ〞だって？　なめた話じゃあねえですかい」

政吉の言葉に、源三、米搗《こめつ》きの乙次郎《おとじろう》、車力の為吉《ためきち》といった面々も、大きく相槌《あいづち》を打った。

寺を清めて、己の心も清め、死んだ息子の霊を弔いながら日々を暮らす。その気持ちは痛いほどわかるが、

「同じだけ苦しい想いをしている女房のことも考えてやるのが男じゃあねえか。楽に死ねる方はねえか、なんてふざけてるぜ。先生、どうして叱りつけてやらなかったんですよう」

政吉は、ただ話を聞くだけで戻ってきたという安頓にも、得心がいかない。

「政、先生には先生の考えがあってのことなんだよ」

龍五郎がそれを窘めると、安頓はしゃくれた顎を撫でながら、

「まあ、そりゃあわたしも苛々とはしたし、叱りつけてやりたくもなった。だがな、医者としてこれだけは言える。気うつを患っている相手には、〞しっかりしろ〟などという言葉はかけぬものなのじゃ。そもそも、しっかりと暮らせぬ心の傷を負っている者に叱咤《しった》などすると、〞おれはますます死なねばならない〟などと思うのがよいところなのだ」

政吉を宥《なだ》めるように言った。

「なるほど、道理だねえ……」

お夏は大きく頷いた。

自分は、偶然を装いおかじに声をかけてやれなどと安頓に言ったが、高幢寺で吉

野安頓がとった行動は、まったく当を得たものだと素直に思われたのだ。

お夏の一言に、猿三に不満を抱いていた連中は、

「それが、気うつって病ですか……」

一斉に唸り声をあげた。

「まず、さすがの吉野先生も、気うつの病だけは治す術が見つからなかったってことですか……」

毒舌婆ァとして知られるお夏も、彼女なりの物言いで、安頓の苦労を労ったのだが、少しばかり目立ってしまったようだ。

安頓はしかつめらしい表情となり、

「真に面目ないが、心の病を治すのは、わたしよりも、女将の方が向いているのかもしれないな」

と、お夏を見ながらつくづくと言った。

これに龍五郎が我が意を得たりと、

「そうだ。そうかもしれねえや。婆ァ、お前が何とかしろ」

と、声をあげた。

「ちょいと、何を言い出すんだよう。あたしに何をしろというのさ」

お夏は、物好き達の話に加わり過ぎたと、臍《ほぞ》を噛《か》んだが、客達の勢いは止まらなかった。

「だからよう、猿さんをおかじさんの許《もと》へ戻してやるんだよう」

龍五郎はここぞと攻め立てた。

「あたしが間に入ったら、それこそ猿さんは死にたくなるよ」

お夏は抵抗したが、

「いや、お前は口の悪いくそ婆ァだが、どんなにきついことを言っても、死にたいと思う奴は誰もいなかった。お前なら猿さんに何を言ったって大丈夫だぜ」

龍五郎は許さなかった。

「この居酒屋は、猿さんから随分と、鯰を安く仕入れていたっけなあ。そうだったよなあ、清さん……」

「そいつは、まあ……」

清次は苦笑いを浮かべるしかない。

確かに、猿三が釣った鯰の恩恵を店としては受けてきた。

お夏はそれゆえ、猿三、おかじ夫婦を放っておけなかったのだ。

「だったよなあ。てえことは、太郎吉が死んじまったのは、婆ァのせいだとも言えるぜ」

「口入屋、とんだ言いがかりだね！」

お夏は口を尖らせたが、さすがに鯰のことを言われると辛い。

「言いがかりもへちまもあるかい。お前だって、あの夫婦が元の鞘に収まってもらいたいと思っているんだろうが。一肌脱いでやったっていいじゃあねえか」

「あたしにだって、できることと、できないことがあるんだよう」

さすがのお夏も、返す言葉に窮した。

はねつけながらも、彼女なりの智恵が湧いてきているのも困ったものであった。

吉野安頓は策が尽きたと言うが、考えようによっては何か手立てがあるのではないかと、お夏は思い始めていた。

龍五郎にそこを読まれたのだ。

「できるできねえじゃねえだろ。吉野先生がお前ならと言いなさっているんだ。ここは男らしくだな」

「あたしは女だよ」

「天下のくそ婆ァらしく、受けてやれと言っているんだよ」

「いや、でもねえ……」

「四の五のぬかすんじゃあねえや。さあ……」

「さあ……」

「さあ、さあ、さあ、婆ァ、どうするんだよう！」

「わかったよう！」

お夏はついに折れた。

「それでこそ、目黒のくそ婆ァだ」

この日は不動の龍五郎、してやったりであった。

「言っておくけどねえ。あたしは医者じゃあない、素人なんだ。どうなったって知らないからね……」

お夏は客達を睨《にら》みつけたが、誰もが喜ぶ様子を見ると、やる気が起こってきたから堪らない。

酔っ払い達に乗せられるのは大嫌いだが、たまにはこんなことがあってもよいだろう、これも客商売なのだから。

お夏は、そんな想いで自分自身のおめでたさに言い訳をしていたのである。

六

一旦そうと決めたら、お夏の動きは素早かった。

じっくりと考えて行動に移すのも大事であるが、ことによっては理屈ではなく直感に任せ、走りながら考えるのも悪くない。

お夏は常々そう思っている。

まず膠着《こうちゃく》してしまった夫婦の絆の復活については、

——おかじさんの気持ちをほぐしてやることだ。

と、お夏は考えた。

亭主に対してきつい言葉を言い過ぎた。

それゆえ、何度でも寺へ通い、腑抜けのようになってしまった猿三の心を和ませようと、おかじは日々奮闘しているのだが、当の本人が張り詰めていてはどうにもなるまい。

これは、おかじと猿三の駆け引きなのだ。

猿三が寺に籠ったように、おかじにも心の支えを拵えてやるべきであろう。

お夏はそれを勧めるため、翌日、おかじの家を訪ねた。

「あら、女将さん……」

この日も、どこか上の空の心地で、竹ひごと格闘しているおかじであったが、お夏の顔を見ると、引き締まった表情となった。

「やっぱり、笊のできが気にいりませんでしたか？」

先日、清次が買って帰った笊を見て、お夏が出来の悪さに怒っているのかと、咄《とっ》嗟《さ》に考えたのだ。

「ああ、気にいらないねえ。ここで買う笊はあんなものじゃあなかったからね。でも、おかじさんの腕が鈍るのも無理はないさ。その事情はわかっているから、腹は立たないよ。むしろ、前のような笊を拵えてもらうためには、どうすれば好いのか、お節介を焼きたくなったってところだね」

お夏は、一言一言はっきりと伝えた。

おかじにとっては、それが心地よかった。

太郎吉の死と、その後の猿三の出家ともいえる現実からの逃避を知る人は、かける言葉もなく腫れものに触るように接してきた。

おかじは、人に気遣わせて申し訳ないと思う気性であるから、哀しみも寂しさも呑み込んでしまう。

それゆえ、この半年の間、見て見ぬふりをしていたと思われるお夏が、笊の出来に託《かこつ》けて自分を激励しに来てくれたのがありがたかったのである。

しかも、お夏の物言いは容赦がない。

気遣ったり遠慮したりする間もないのが、今のおかじには何よりなのだ。

「女将さん、わたしはどうすれば好いんですかねえ……」

お夏に問いかけただけで、あらゆる屈託を吐き出せた気になった。

「今のお前さんにとっちゃあ、猿さんはなかなか心の門を開かない敵だ」

「敵？」

考えてみればそうである。

猿三は夫婦の間で反乱を起こし、城砦に立て籠ってしまった。それを自分は開城させるべく、鎮圧に向かっているようなものなのだ。

「そうだよ。こいつは夫婦の間の戦だよ」

お夏は言葉に力を込めた。

「戦に勝つためには、まず敵を知ることが大事さ」

「わたしは、あの人のことはよく知っているつもりなんですがねえ」

「釣りについては知らないだろ」

「釣り……」

おかじは目をしばたたかせた。

確かに亭主の釣り道楽についてはよく知らなかった。知りたくもなかった。

猿三が釣りに行っている間は、笊や籠作りに励んでいた。道楽がちょっとした副業になっていたから仕方がないと思っていたが、その道楽が、太郎吉の死に繋《つな》がったのであるから、おかじにとって釣りなど、ただ忌わしいものであった。

「あたしは釣りなんてどこがおもしろいのかと思うけどね。好きな人には堪《こた》えられないそうだよ。猿さんの釣り好きのお蔭で、うちは立派な鯰をもらったりもしたんだから、あたしも釣り好きを馬鹿にできないんだよ。猿さんがどんな想いで釣りをしていたか。太郎坊がどうして釣りについていきたいと思ったか。それをおかじさんが知ることで、猿さんとの戦に勝ちを見つけられるような気がするんだけどねえ」

「なるほど……」

おかじは、こっくりと頷いた。

釣りは自分にとって忌わしいものでしかなかったが、太郎吉は釣り名人の猿三が好きだったのだ。

「お前さんにとっちゃあ辛いかもしれないよ。でもねえ、猿さんを許してあげるなら、まず釣りを許しておあげな。そうすりゃあ、猿さんの心も、もっとほぐれるんじゃあないかねえ」

「釣りを知る……」

その上で猿三と向かい合う方が、言葉も出やすいかもしれない。

さすがはお夏である。思いもつかなかったことを言ってくれる。

「そんなら女将さん、わたしはどうすれば好いんです?」

「知れたことだよ。仕事の合間を見て、釣りに行っておいでよ」

「わたしが？」

「自分が釣らないで、どうして釣りがわかるのさ。道具はあるんだろ」

「そりゃあ、まだ家に置いてありますけどね」

「そんならすぐにできるじゃあないか。門前の小僧何とやらで、行ったことがなくても、亭主がどの辺りで釣っていたか、どんな餌を使っていたかくらいわかっているんだろう？」

「それは、まあ、何となく……」

「釣りなんてものは、針に餌をつけて、川面に糸を垂れるだけで、まずは恰好がつくさ」

「そうですね……。わたしは、竹細工だって、見よう見真似《まね》で覚えましたからね」

「それよりは難しくないさ。魚が釣れるかどうかはわからないけどね」

お夏は頰笑むと、

「あの日、地鳴りを呼んだ鯰を釣り上げて、太郎坊の仇討《あだう》ちをしておあげな」

そう言っておかじの肩をぽんと叩いた。

何もせずに、ただ竹細工に時を費し、その他はせっせと寺に通う。それだけでは猿三との戦には勝てないのだ。

「わかりましたよ。うちの人より上手《うま》くなってみせます」

おかじは力強く応えていた。

「それがいいよ。上手くなるまでは、お寺に通うのはおよし。腑抜けの亭主も、お前さんがぱったりとこなくなったら、気になるってものさ。それも戦の駆け引きだね」

「女将さん……。恩に着ます……」

「またくるよ……」

お夏はひとまず、おかじの家から立ち去った。

猿三とおかじの夫婦仲を〝戦〟と称したお夏は、かくしておかじの軍師となって、猿三の城を落さんとしたのであった。

七

頭には女笠、足には脚絆《きゃはん》、腰には魚籠、肩に釣り竿を担いだおかじの雄姿は、その翌朝から、目黒川上流の川辺にあった。

中目黒村をさらに北へ。川の流れが緩やかに曲線を描くところに、少しばかり岩が迫《せ》り出している。

ここが猿三の釣り場であることを、おかじはいつも聞かされていた。岩場の上には姫小松が生えている。それが目印だと言っていたが、なるほど、行ってみるとすぐにわかった。

あの岩肌から滑り落ちて、太郎吉は川へ落ちたのかと思うと、おかじには忌わしい場に思えたが、岩場は木陰に覆われ、川風は涼しく、何とも長閑《のどか》な風景が広がっていた。

おかじは、太郎吉が座って川面を覗き込んだり、時には父親から釣り竿を託されて糸を垂れたという岩に座ってみた。

太郎吉が川に落ちた時。

数日前から降り続いた雨が、日頃より川の水量を増やしたらしい。

そこへ地鳴りがして、太郎吉は流れが速くなった川に落ちて、水に呑み込まれた。

こりとり川など取るに足りない小川だと思っていたが、そこに落ちて冷たくなってしまうとは——。

この不運を何と受け止めたらよいのであろうか。

おかじが座る岩場は、のんびりと釣り糸を垂れるのにちょうどよい高さであり、ここから見る水面はきらきらと光り、えもいわれぬ美しさであった。

太郎吉が、ここに来たがったのがよくわかった。

猿三は、大はしゃぎする息子をにこにことして眺めながら、釣り上げた魚を自慢げに見せたのであろう。

——ふん、さぞかし好い調子だったのでしょうよ。

この辺りの岩をはがすと、地中からみみずが出てくる。

それを餌にするとよく釣れると、猿三は言っていたような気がする。

「太郎吉はみみずを見つけるのがうめえんだぞ」

猿三は、釣れた魚を見せる時、

「こいつとこいつは太郎吉のお蔭で釣れたんだよな」

太郎吉の頭を撫でながら、己が女房に息子自慢をしたものだ。

「何だい、男同士でじゃれ合って、気にいらないねえ」

おかじはその度に毒を吐いて、魚を料理してやる。

息子を一人占めされたようで、猿三には頭にきたが、それは兄妹のように育ちながら、子供の頃から一度も釣りに誘ってくれなかったことへの、ちょっとしたわだかまりが含まれていたからであろう。

娘になれば、釣りよりもそっと小屋掛芝居を覗いたり、友達と絵草紙を眺めるくらいが遊びとなり、猿三と釣りに出かけたいとも思わなくなっていた。

そういう、猿三と共有出来ていない一時《ひととき》があることに、おかじは悔しさを覚えていたのだと、今になってみれば思われる。

「ああ、気味が悪いねえ……」

松の根元の小岩をめくってみると、みみずが数匹姿を現した。

魚はどうしてこんな物を食べるのであろう。

こんな蛇の出来損いを好む魚を食べる人間も、思えばおかしな生き物ではないか。

おかじは度胸を決めて、それを集めると、釣針に取り付けて、糸を川面に垂れてみた。

すると、すぐに浮きが沈んだ。

「のろのろしていると、餌を食い逃げされるぜ」

猿三の声が聞こえてきた気がした。

「釣りはちょいとばかり気が短けえ奴の方がよく釣れるのさ」

そんな話をしている時の猿三は、いつも機嫌がよくて、生き生きとしていた。

「よし！」

おかじは素早く竿を上げた。

すると、小さな鮠《はや》が釣れた。

竿に魚がかかる手応えが、堪らないほどにおかじの心を弾ませた。

これはおもしろい——。

門前の小僧習わぬ経を読む。

お夏が言った通りだ。釣り名人の猿三と添うていると、知らず知らずのうちに釣りの極意が身についていた。

邪魔だと思いつつ、その辺に置きっ放しになっている道具を何度も片付けたから、自ずと手に馴染む。

——わたしには天賦の才というものがある。

竹細工を拵え始めた時も猿三は言ってくれた。
釣りに誘わなかったのは、わたしに教えると、自分より上手くなるのが恐かった
からに違いない。

太郎吉に父親の好い恰好を見せたかったから、おかじがいては邪魔だったのだ。

――ざまあみやがれってんだ。あんたがお寺に籠っている間に、わたしは釣り名人になってやるからね。悔しかったらここに出てこいってえんだ。

このところの屈託が一気にどこかへ飛んでいった。

それから。

おかじは、快調に魚を釣り上げた。

鮠だけではない。鮒《ふな》、鯉も、なかなかに立派なものを数匹釣った。

だが、太郎吉の仇《かたき》と勝手に決めている鯰は、まったく釣れなかった。

「ふふふ、待っていなよ。鯰の亭主が腑抜けちまったから、女房がきたよ。今日はご挨拶ってところさ。次はきっと釣ってやるからね！」

おかじは、川面に言い放つと体中に気合が入った。

そうだ、立派な鯰を釣り上げて、あの人に見せに行ってやる。寺にそんなものを

持ってくる奴があるかと、人らしいことを言ったら、「お前さんが、この鯰に引導を渡してやるんだね。もうそろそろ経のひとつも覚えただろう」

そう言ってやろう。

その時に、まだ腑抜けた顔をしていたら、鯰をあの男の懐に押し込んで、その場で縁を切ってやろう。

「またくるよ！」

おかじはもう一度、川面に言い放つと、悠々とその場を引き上げたのである。

八

吉野安頓が声をかけてくれた日以来、猿三は太郎吉の夢を見ていなかった。

安頓は決して、寺を出ておかじの許へ戻れとは言わなかった。

竹の匙がなくて不便だから、ここに竹材と道具を持ってこようかなどと言って、高幢寺に居続けていることを責めたりはしなかった。

――どうやったら楽に死ねるか、なんて訊ねたのがいけなかったのかもしれねえ。

それを聞いて、太郎吉が怒ったのだ。

死にたいなどと、男らしくないことを言ったばかりか、苦しんで死にたくないとは何ごとか。

楽して自分のところに来たいのなら来なくても好い。もう夢にも出てやるものかと、太郎吉はあの世でへそを曲げたのに違いない。

太郎吉の霊夢を見られなくなれば、ここに籠っている意味もない。

日々、寺を清め、質素な食事を給されるだけで満足して身を律し、太郎吉の魂を弔ってきた。

そうすると心が落ち着いた。

夢に現れる太郎吉にはまるで屈託がなく、そういう父をいつまでも慕ってくれていると、納得出来たものを。

――いや、太郎吉はそのうちまた夢に出てくれるはずだ。

そう自分に言い聞かせはしたが、あれからもう十日近くになるのに、太郎吉は夢に現れなかった。

それと共に、三日に一度は会いにきてくれていたおかじも姿を見せなくなった。

もう自分に見切りをつけたらどうだと言ったのだ。

いよいよおかじも諦めたのかもしれない。

やって来ると、

「もう、おれをそうっとしておいてくれないか」

そう言って、ろくに話そうともしなかった。

太郎吉が死んだ時の、おかじの厳しい叱責が胸の奥にまで突き立って、なかなか面と向かい合えなかったのだが、

——よくも半年の間、会いにきてくれたものだ。

落ち着いて考えると、真にありがたい女房であった。

もっと接し方もあったはずだ。

しかし、心にぽっかりと開いてしまった穴から、あらゆる精気がこぼれ落ちて、猿三からすべての気力を奪ってしまうのだ。

これではいけないと思いつつ、体の中にあるはずの、男としての情が湧かない。

どうやらそれが気うつの病であるらしい。

病ならば仕方があるまい。

医者である吉野安頓は、自分に会っても、特に医者らしい言葉はかけず、療治しようとはしなかった。

気うつは、医者でさえも治せぬものならば、じたばたしてもどうしようもないのだ。

そんな猿三に、おかじが来ない寂しさが湧いてきた。

人は困った生き物である。

頻繁に来てくれている時は、素っ気なくするのに、来ないとなると寂しくなる。

だが、その欲求が人間を作る根幹であるのだ。

〝寂しい〟という感情が起こった時、猿三に少しばかり熱い血が流れたのである。

すると、懐かしい声がして、猿三の五感が刺激された。

「猿さん、久しぶりですねえ……」

声の主は清次であった。

「清さんじゃあないか」

猿三の口から、思わず弾んだ声が出た。

「ちょいと近くに野暮用があってね。そういやあこのところ金毘羅さんに参ってなかったと……。ははは、ついで参りはいけねえんだが、まあ許してもらおうかと、ね」

以前よりも、いささか物を言うようになった清次であった。

人は、少しずつでも変わっていくものなのだ。

「おかじは、まともな竿を拵えているかな?」

猿三は、おかじのことがやはり気になっている。竿を持ち出すことで、思わず別れて暮らす女房について水を向けた。

「そりゃあ、猿さんがいる頃と比べりゃあできはよくねえ……」

「おかじに、おれの病がうつっちまったのかねえ」

「そうかもしれねえなあ。だが、おかじさんは、好い気晴らしができて、すっかり元気を取り戻したみてえだよ」

「好い気晴らし?」

「川に釣りに出かけているってさ」

「おかじが釣りに?」

「今度訪ねてきたら話してごらんよ。ちょっとの間に腕を上げたようで、昨日なんか立派な鯉をいただいちまった」

「立派な鯉を、おかじが釣ったのかい？」

「門前の小僧何とやらで、いつの間にか、釣りの極意を摑《つか》んでいたんだろうねえ。次は大鯰を釣ってやるんだと意気込んでいたよ」

「そうなのかい……」

猿三は、久しぶりに心に衝撃を受けた。

太郎吉を連れて釣りに出かけるのを、おかじは快く思っていなかったはずだ。釣り場で太郎吉が死んだと聞いて、ますます釣り嫌いになったのではなかったか。それが、お夏の居酒屋に鯉を持っていったとは。

――あいつは、いつの間に釣りを覚えたんだろう。

兄妹のように育ったおかじを釣りに連れていかなかったのは、おかじの二親から、「あの子はそそっかしいところがあるから、連れていってくれと言われても、断ってね」

「それでお前の邪魔になってもいけねえからよう」

と、言われていたからだ。

陽気でしっかり者でも、そこは女だ。

男のように尻からげをして岩場にも上れまい。負けず嫌いでもあるから、大怪我でもすれば大変だとの親心であったのだ。

――あいつ、大丈夫なのか。

そんな想いに加えて、

――そういやあ、長《なげ》えこと釣りをしていねえなあ。

鯰に仕返しをされて太郎吉は死んだと、おかじは猿三を責めた。

それゆえ、ぱったりと釣りをしなくなったのだが、当のおかじが釣りを楽しんでいるとはなんということだ。

自分に対する皮肉でもなさそうだ。

千々に心乱れる猿三であったが、清次はというと、そんな想いなど知る由もないという風に、

「それじゃあ猿さん、またこの辺りにきたら寄るから……」

ひとつ頷いて、慌しく立ち去ろうとした。

「清さん……」

それを思わず猿三が呼び止めた。

「なんだい？」

「おかじは、どうしていきなり釣りを始めたのかねえ」

猿三はどうしてもそれが気になった。

「さあ、何か気晴らしをと思った時に、家に置いてあった釣り道具に目がいったのか……。いや、そういやあ、こんなことを言っていたなあ……」

「何だい？」

「倅の仇討ちだってね」

「倅の仇討ち……。それで鯰を釣ってやると」

「鯰がだんだん憎くなってきたのかもしれねえなあ。猿さん、仇討ちというなら、助太刀しておやりよ」

清次はそう言い置くと、その場から走り去った。

猿三は呆然として見送った。

自分の時は止まってしまっているが、世間は忙しく日々を送っているのだ。

おかじの忙しさも並大抵ではあるまい。

その最中、おかじは亭主が動かぬゆえに、自分で地鳴りを起こした憎い鯰を捕えてやろうと釣り場に向かっているのだ。

猿三の手に、鯰を釣り上げた時の釣り竿の手応えが、生々しく蘇った。

このところ顔を見ていないおかじへの恋慕が同時に湧いてきた。

おかじは鯰に仇討ちを挑んでいる。

「だが、大鯰を釣り上げるのは容易くはないんだよ」

清次が言うように助太刀に行くべきかもしれない。

それでも、〝よし!〟という気合が、やはり体に湧き起こってこない。

釣りに行けば、冷たくなった太郎吉を思い出してしまうのではないか。

気うつの病との戦いは、そう容易く前へは進まないのである。

九

それからというもの。猿三は明らかに、身心に異変を覚えていた。

気合は相変わらず湧いてこないが、妙な焦りが体に溢《あふ》れてきたのである。

先達の寺男の老人は、

「お前さん、そろそろ浮世に未練が出てきたらしいね」

先ほどもそう言った。

目は虚ろではあったが、一心不乱に寺の雑用をこなしてきた猿三が、仕事を忘れて考えごとをしているのが、目につくようになったからだ。

猿三の五感五体の中で、気うつと戦う何かが生まれてきているのは確かだ。

まだ足りないのは、あともうひとつ勢いがつくことである。

すると、清次からおかじが釣りに没頭していると話に聞いた日の二日後、猿三は大いに慌てさせられることになった。

今度はお夏が現れて、

「ちょいと猿さん、お寺の掃除をしている場合じゃあないよ」

開口一番、叱りつけるように言ったものだ。

猿三は、お夏の凄《すご》みに気圧《けお》された。

妙な焦りは、自分が今何か行動を起こさねば、のっぴきならなくなるという恐怖に昇華していた。

「もしかして、おかじに何かありましたか？」

弱々しい声で訊ねると、

「大ありですよ。おかじさんが釣りを始めたのは清さんから聞いてもらったよね」

「ええ、そのようで……」

「昨日から、釣りに行ったまま帰っていないそうなんですよう」

「何だって……」

「まあ、鯰と戦うのが高じて、そのまま夜通しで釣っていたのかもしれないし、どこかへ立ち寄っているのかもしれないけど、何だか気になるじゃあないか。それで、今は清さんと、不動の親方んところの若い衆が、念のため心当りを捜しているんだけど、身内のあんたが腑抜けた顔して、ここで倅の夢を見ていていいわけないだろ。違うかい？」

「まったくだ……」

久しぶりにお夏と話すと、このくそ婆ァの妖術にかかったように、心が昂《たかぶ》った。

「そう思うならすぐに行っておやりな！　あんたがいつも釣っていた川辺で冷たく

なっているかもしれないよ！」

「わ、わかったよ！」

猿三は竹箒《たけぼうき》をその場に投げ捨てて駆け出した。

目指すはもちろん、太郎吉と通った姫小松の岩場であった。

——あのしっかり者のおかじが死ぬわけはない。うっかり川へ落ちたって、岸へ手前《てめえ》で這《は》い上がるはずだ。

自分に言い聞かせつつ、

——どうしてだ。あいつが大鯰に仇討ちするというのなら、どうしてすぐに助太刀してやらなかったんだ。まったくおれってやつはいつからこんなのろまになっちまったんだ。

息を切らして駆けると、胸は切ないが、何故か心が軽くなってきた。

——あの岩場なんて、目を瞑《つむ》っていたって行けるってもんだ。おかじ！　今行くからよう。無事でいてくれよ！

滑らかな曲線を田園の中に描きつつ、北の方へと延びていく目黒川の岸辺に沿って、猿三はひたすら駆けた。

やがて件《くだん》の姫小松が見えた時、猿三の足がぴたりと止まった。

岩場の上に人影がある。

「おかじ……」

驚いたように、おかじは猿三の姿を見つめている。彼女の手には釣り竿があった。

「お前さん……」

夫婦はしばし見つめ合った。

この前会って別れた時は、こんな再会を思いもかけなかった二人であった。

「何でえ……。ぴんぴんしているじゃあねえか……」

猿三は、ゆっくりと岩場へ向かったが、その目からは、どっと涙が溢れていた。

おかじは夢心地で良人《おっと》を見ていたが、

「どうかしたのかい？」

気うつがひどくなって、徘徊してきたのかと思ったのだ。

「どうもこうもねえや。お前が昨日から釣りに出たまま帰ってねえと聞いてよう
……」

「え？　誰がそんなことを？」

「お夏さんだよ」

「居酒屋の？」

おかじは目を丸くして、しばし猿三を見つめていたが、やがて大笑いして、

「いやだよう。お前さん、かつがれたんだよう。わたしは昨日も釣りにきたけど、ちゃあんと日の暮れまでに帰って、今はさっききたばかりだよ」

「そうなのかい？」

「ああ、わたしはお前さんみたいに、弱い女じゃあないんだよう」

「そうか……、あのくそ婆ァめ、ひでえうそをつきやがる！」

怒る猿三の顔を見て、おかじはほっとした。

共に暮らした、いつもの亭主の顔がそこにあった。

「何を言っているんだよう。ありがたいうそじゃないか」

「ありがたいうそ……？　ふふふ、そうだな……」

猿三の顔に、笑みが浮かんだ。

「それよりさあ、くるならもっと早いとこきてもらいたかったねえ。憎い仇が、釣れたと思ったら逃げられたのさ」

「大鯰か？」

「そうだよう。食い逃げされたよ」

「よし、竿をかしてみろ。おれが助っ人だ。う～ん……」

「どうしたんだい」

「ちょいと釣り場を変えた方が好いかもしれねえな」

「お前さんは、鯰のいどころがわかるんだったね」

「あたぼうよ。さあ、こっちへきな」

猿三がおかじの手を取ると、その手におかじの涙がぽとりと落ちた。

鯰の亭主は、泣いている女房の顔を仰ぎ見ながら、

「おかじ、すまなかったな……」

「お前さん……」

それから夫婦の鯰釣りはしばし続いた。

お夏と清次はその姿をそっと眺めながら、

「まあ、これで何とかなるだろうよ」

「女将さんは、医者になった方がよかったかもしれやせんねえ」

「医者なんてとんでもないよ。こっちもおもしろ尽くで、色々試してみただけさ」

「なかなかに手間がかかりましたねえ」

「子がかわいすぎて、惚《ほ》れた相手のことに気が回らなくなったんじゃあないのかい」

「なるほどねえ……」

清次が感じ入った時。

水しぶきと共に、二尺はあろうかという大きな鯰が、夫婦の手に落ちるのが見えた。

「清さん、今日は、鯰のすっぽん煮といくかい」

お夏は清次と二人、慌しく川辺から立ち去った。

第二話　焼き茄子

一

残暑はまだ厳しいが、茄子が美味《うま》い頃となった。

網焼き、煮びたし、天ぷら、糠《ぬか》漬け……。

お夏の居酒屋でも、茄子がより多く出回ると、清次が手を替え品を替え、これでもかというくらいに料理をして客に出す。

中でも、客に好まれるのが〝焼き茄子〟である。

網で焼いて、冷やしてから皮を取り、これに細かく細かく、すり潰さんばかりに刻んだ生姜を載せ、削り節をかけ、醬油を落す。

冷やりとした食感に、つんとした生姜の刺激が相俟《あいま》って、堪らなく美味いのだ。

そんなある夜のこと。

そろそろ店仕舞をしようかという時分になって、髪結の鶴吉《つるきち》が、そっと縄暖簾の間から顔を覗かせた。

「おや、茄子の匂いにつられたかい？」

お夏はにこやかに店の内へと招き入れた。

鶴吉は〝焼き茄子〟が好物なのだ。

彼は、お夏の生家であった〝相模屋〟で、三度の飯をとる〝あごつき〟の髪結であったのだが、その頃から食膳にこれが出ると、大喜びしたものだ。

「へへへ、まず、そんなところで……」

鶴吉は照れ笑いを浮かべて頭を掻《か》いた。

お夏と清次は、ちらりと互いに目をやって、軽く頷いた。

鶴吉の笑顔に、そこはかとなく哀愁が漂っているのを覚えたからだ。

店には他に客はいない。鶴吉の住まいは、高輪車町《たかなわくるま》にあり、ふらりと訪ねてくるには、いささか遠い。

お夏と清次に、何か込み入った話をしたくて来たのであろうと、察しがついた。

清次は縄暖簾を取り入れて、お夏は小ぶりの茶碗に冷や酒を注いで鶴吉の前に置いてやると、

「おもしろい話かい？　それとも、おっかない話かい」

と、前置き抜きに問いかけた。

「へへへ、お嬢は察しが早《はえ》えからありがてえや……」

鶴吉は茶碗の酒で喉を潤すと、

「まあ、おもしれえ話でさあ」

小さく笑った。

「兄ィ、そいつは楽しみだよ」

清次が茄子を火にかけながら、ほのぼのとした声で言った。

共に修羅場を潜ってきた古い仲間が、話をしにきてくれたのだ。

十歳の時に二親を次々と亡くし、身内といえば〝相模屋〟にいた者達だけの清次には、それだけで心が和むのだ。

お夏も相槌を打って、

「店もしめたし、じっくりと聞かせてもらおうかね」

〝おもしれえ話〟だと言いつつ、何から話せばよいかと、ためらっているように見える鶴吉に催促をした。

鶴吉は、また酒を一口飲むと、

「それが、驚いたことに、弟が訪ねてきやがったんでさあ」

一気に言葉を吐き出した。

「弟？」

お夏も清次も目を丸くした。

鶴吉に弟がいるなどとは、聞き初めであった。

「兄ィに、弟がいたのかい」

「そいつを今日、初めて知ったのさ」

鶴吉の父親は福助《ふくすけ》というやくざ者であった。

母・お房《ふさ》と一緒になった頃は、魚を売り歩いていたのだが、喧嘩と博奕《ばくち》に明け暮れ、やがて鉄火の巳之助《みのすけ》という博奕打ちの弟分になった。

お房は福助に愛想を尽かし、鶴吉がまだ幼い頃に母子で浅草の東本願寺裏に移り住み、あらゆる賃仕事をこなし、懸命に息子を育てた。

それゆえ、鶴吉はほとんど父親の顔を覚えていない。

お房はその苦労がたたったのか、そろそろ鶴吉を、どこかの商家へ奉公させようかと思っているうちに亡くなってしまった。

鶴吉は、母親を苦しめた福助を恨み、

「おいらの親父は、もう死んじまったのさ」

と、人に告げ、自分にもそのように言い聞かせてきたのだが、彼はお房が望むような温和な子供ではなかった。

喧嘩早かった福助の血を受け継いで、随分と利かぬ気であったから、お房はまだ子供のうちに鶴吉を奉公にあげようと考えていたのだが、それを実現させる前にはかなくなってしまったのである。

周りの大人達は、一人残された鶴吉をどうしてやればよいのかと思案した。そして度胸のよさを買われて、鳶《とび》の親方が手許に置いてくれることになった。

ここで鶴吉はよく勤めた。しかし、何かというと下の者に辛く当る兄貴分に歯向かい、その取り巻きに痛い目に遭わされた。

そこに割って入ってくれたのが、お夏の父・相模屋長右衛門であった。

男伊達《おとこだて》で通る長右衛門は、理不尽な兄貴分に立ち向かった鶴吉を気に入り、親方に話をつけて、〝相模屋〟出入りの髪結として暮らせるようにしてやった。

鶴吉は以後、長右衛門を親と慕った。

それゆえ、自分には福助という、どうしようもない父親がいるが、そんなものはもう忘れてしまった。今はどうしているかわからないが、生きていたとしても、この先二度と会うつもりはないと言い続けてきたのである。

ところが、鶴吉が見向きもしなかった間に福助は新たな女房を迎え、子供を儲《もう》けていたらしい。

二

この日の夕暮れ時。

外廻りから家へ帰ると、それを見計らったかのように、三十過ぎの男が訪ねてきた。

「鶴吉さんでございますか……」

細面で鼻筋の通った顔。なかなかの男振りであるが、着物は下馬の広袖、素足に雪駄履き。

一見して堅気とは思えぬ風情である。

だが、鶴吉は、男の顔に目が釘付けになった。

それは相手も同じで、思わず互いの顔をまじまじと見ていたのである。

二人の顔は、実によく似ていた。

「あっしは鶴吉だが……」

何やら胸騒ぎにかられたが、ゆったりとした口調で応えると、

「左様で……」

男は少し声を弾ませて、

「親父さんの名は、福助といって、深川の清住町に住んでいなさったのでは……?」

さらに問うてきた。

「子供の頃のことで、定かではねえが、そのように聞いておりやす……」

鶴吉は包み隠さずに応えた。

堅気でもなさそうな男に、そんな込み入った話をされたのであるから戸惑ったも

のの、男の言うことは確かであったし、

——この男は、おれの身内かもしれねえ。

咄嗟にそう思えるものがあった。

「そんなら兄《あに》さんだ。お初にお目にかかりやす。あっしは亀次郎《かめじろう》と申しまして、福助が、お房さんと別れた後、おていという女に産ませた倅でございます」

と、男は渡世人が仁義を切るかのように頭を下げた。

「お前が、おれの弟……」

鶴吉は、すっかり頭の中から消えていた父・福助の話を持ち出されて啞然《あぜん》としたが、亀次郎の話に嘘はなさそうだ。

何よりも、亀次郎の顔は鏡を見ているようであったし、そこから幼い頃の記憶にある、父・福助の面影が脳裏に浮かんできた。

考えてみれば、福助が母・お房と別れた後、他の女と一緒になって、子を儲けていてもおかしくはなかったのである。

「いきなり訪ねて、申し訳ありやせん。だが、どうしても、会って話してえことがございやした」

亀次郎の物言いには、初めて会う兄を前にして、浮き立つ想いが見え隠れしている。

悪い男ではなさそうだ。

鶴吉自身も、決してまっとうに生きてきたとは言い難い。

どうしようもない親父だと忘れてきた福助の子に生まれたのだ。亀次郎が堅気でないのを責められなかった。

「まず、お上がんなさい。おれも俄に弟を前にすりゃあ、どうも落ち着かねえや……」

鶴吉は、ひとまず亀次郎を家に上げると、ここへ来るまでの話を聞くことにした。

亀次郎の母親・おていは、福助がお房と別れた五年ばかり後に、女房となったそうな。

鶴吉がお房に連れられ、福助から離れたのは、六つになったばかりの頃であった。

そこから数えると、亀次郎は十二歳下の異母弟として生まれたことになる。

福助は、女房子供を顧みずにやくざな暮らしを送っていたので、鶴吉にしてみれば、〝捨てられた〟という想いでいた。

しかし実際のところは、そういう亭主に愛想を尽かしたお房が、後難を恐れて、子供を連れて福助の許からとび出したというのが正しい。

それでも夫婦別れの原因は福助にあり、やくざな父親のために自分達母子は苦労をしたわけであるから、その後の福助のことなど鶴吉には知る由もなかったし、どうでもよかった。

今も、まったく知りたいとも思わなかったのだが、亀次郎が自分を訪ねてくるのには、大変な苦労があったたであろう。

自分に血の繋がった弟がいたのだと思うと、不思議と癒された気持ちになり、心がほぐれてきた。

福助とおていの暮らしも、人並みの幸せを求める夫婦のそれとはいえなかったらしい。

「おれのお袋は馬鹿な女でしてねえ。端《はな》からやくざな男と知りながら、福助に惚れちまい、手前《てめえ》の方から熱をあげたそうで」

そうして亀次郎が生まれたわけだが、その頃、福助は鉄火の巳之助の弟分として、博奕打ちの中では好い顔になっていた。

それゆえ羽振りは悪くなかったので、相変わらず女房と子供には見向きもせぬものの、母子が暮らすのに不自由のないだけの金はきっちりと渡してくれた。

おていは、福助に惚れていたが、喧嘩沙汰が絶えない亭主とは上手に間を空けて、つかず離れず暮らした。

やがて福助も、歳と共に男としての貫禄が身に付き、分別も備わってきた。

女房子供にも目がいくようになって、やさしさを見せ始めた。

そうなると、捨ててしまったのも同然であるお房と鶴吉のことが気になった。

詫びのひとつも言って、今の自分が与えられるだけの金を渡してやろうと、別れてからの消息を密《ひそ》かに辿ったところ、

「兄さんが、男伊達の髪結として、立派に暮らしていると、親父は知ったのでございますよ……」

亀次郎は、しみじみとした口調で言った。

「それはもう喜んでおりやした」

すぐにでも会って、用意していた金を渡そうと思ったが、お房は既にこの世になく、今さら合わせる顔もないと、福助は思い止まった。

申し訳なさと、博奕打ちとなった身を恥じて、このままそっとしておく方がよいと考えたのだ。

「親父がそんなことを……」

そう聞かされると、鶴吉の心も少しは晴れた。

お房は、福助についてはほとんど語らず、

「父親は死んじまったと思うことが、お前のためさ」

時折、鶴吉にそんな言葉を告げていたのだが、福助はお房の死を知り、それなりに申し訳なさを覚えたのだ。

鶴吉が立派に成長したことは、福助に大きな影響を及ぼしたという。

「おれは今さら堅気には戻れねえが、亀次郎、お前は母親を支えて、まっとうに生きてくんな」

今までそんなことは一度も言わなかったのに、つくづくと自分にやさしい言葉をかけてきたのだと亀次郎は告げた。

福助はそれから、女房子供を顧みるようになったが、自分が一緒にいたのでは、亀次郎のためによくないと言って、おていに小体《こてい》な茶屋をさせて、日頃は離れて暮らすようになったのだ。

亀次郎が十二の時であった。

「人というのは、変わるものなんだなあ」

鶴吉は亀次郎から話を聞くと嘆息した。

父親を知ろうとしなかったが、父親は自分を忘れずにいて、心を改めようとしていたとは――。

「へい。人間が丸くなって、随分とやさしくなりやしたよ。兄さんが生まれた頃は、ひでえ父親だったたってえから、何やら申し訳ねえ想いがしやしたが」

亀次郎は、福助に代わって詫びるように言った。

「それで、亀次郎さん……」

「亀次郎と呼んでくだせえ」

「そんなら亀次郎、お前は親父に言われた通り、堅気になったのかい」

鶴吉が問うと、亀次郎は俯《うつむ》いて、

「それが、見ての通りで……」

「ぐれちまったかい」

「面目ねえ……」

「おれはすぐに別れて暮らしたが、お前はやくざな親を横目に育ったんだ。無理もねえや」

「今さら何がまっとうに生きろだと、歯向かいたくなりやしてね……」

亀次郎は、茶屋を営む母親を手伝っていたが、次第にぐれ始めて、おていが死ぬと、福助と口論の末、家をとび出したという。

「それから十年、旅に暮らして、ちょっと前に帰ってきやした」

亀次郎は、そう言うと姿勢を改めて、

「親父から兄さんの話を聞いて、おれもすぐに会いてえと思ったものの、親父が手《て》前《めえ》のことを知られたくねえもんだから、会うならおれが死んでからにしろ、なんて勝手を言うので、今となってしまいました」

「そうかい。ここがよくわかったな」

「鶴吉という髪結……。これがわかれば、それほど手間はかかりやせんでした」

「蛇の道は蛇かい？」

「へへへへ……」

亀次郎は頭を掻いた。

「で、親父は死んじまったのかい？」

「いえ。そっと探りを入れると、達者でいるようで」

「そうかい」

「だが、六十を過ぎたというのに、まだまだ向こう見ずで、やくざな性分は変わっちゃあいねえとか」

今は以前に住んでいた清住町を離れ、そこからほど近い八名川町にいるのだが、

「親分、子分なしの博奕打ち……」

「相変わらずってわけだな」

「ただ、前と違って、そこに住んでいる連中からは、慕われているそうで」

「人の面倒を見るようになったかい」

鶴吉はふっと笑った。

「昔から、男が立つ立たねえで暴れ回って、身内は苦労させられやしたが、思えば他人には親切なところがあったような」

「それが歳をとって、ますます仏心が生まれたんだな」

「だが、気に入らねえことがあると、黙っちゃあいねえ」

「年寄の冷や水だな」

「だから、一目会っておきてえと思いやしてね。同じ会うなら、おれも旅へ出たことを詫びて、ちょいと親孝行をしてえ」

「親孝行……」

「兄さんに一目会わせてやりてえ。付合っちゃあもらえませんかねえ」

亀次郎は、鶴吉に手を合わせてみせた。

彼が弟の名乗りをあげて訪ねてきたのは、何よりも、兄と二人で父に会いに行きたかったからであった。

三

「なるほど、そんなことがあったのかい」

話を聞いて、お夏は唸った。

身内にはまるで縁のない男だと思い続けてきた鶴吉に、生き別れになった父親が

清次にはその想いがよくわかる。

鶴吉も、もう四十を過ぎた。

少々のことは、笑い話にしてしまえる余裕も身に備わっている。

それでも、これだけは譲れないのに違いない。

「なるほど。そうかい……。弟は、さぞかしがっかりしただろうね」

清次は溜息交じりに声をかけると、お夏を見た。

「弟の居どころは聞いておいたんだろう」

お夏は、清次の言葉を受け、宥めるように言った。

「それはまあ、念のために……」

「あたしがどうこう言う話じゃあないが、鶴さんのことはよく知っているつもりさ。

その上で言うと、そう意地を張らないで、弟と一緒に会ってあげたらどうなんだい」

鶴吉は、返す言葉が見つからず、黙りこくった。

お夏は構わず言葉を継いだ。

「今日、店にきたのは、会いたくないと言ったものの、それがちょいとばかり空しくなったからじゃあないのかい」

鶴吉は、しばし無言でいたが、やがてひとつ頷いて、

「お嬢の言う通りだ……」

お夏を昔の渾名で呼んで、苦笑いを浮かべた。

「それで、あたしと清さんに話して、すっきりしたかい？」

「ああ、聞いてもらって、体が軽くなったような気がするよ」

「でも心は重いままなんだろ」

鶴吉は再び黙ってしまった。

「あたしと清さんに話したくなったってことは、心の奥底で、お父《と》っさんを許しているからさ」

お夏は鶴吉の心の内をやさしく揺さぶった。

「確かに、お嬢が言うように、おれは心の奥底では、親父を許しているのかもしれねえ。男なんてものは、好い歳になると親の気持ちがわかってくる……。だが、おれが親父を許したら、苦労を重ねて死んじまったお袋が、ただ一人浮かばれねえ……。そんな気がしてならねえんですよう……」

鶴吉は、悩める想いを吐き出した。

「なるほどねえ。お前さんのおっ母《か》さんは、好いお人だったんだろうねえ」

父親を許してはいるが、会えば母親に申し訳が立たない。

鶴吉のそういうものの考え方がお夏の胸に沁《し》みる。

「だが、今の鶴さんの想いは、あの世でお前さんを見守っているおっ母さんには、もう十分届いているさ」

お夏は、ほのぼのとした口調で言うと、

「だから、気が向いたら会いに行く。それくらいの心持ちでいればいいさ。鶴さんに父親がいようが、弟がいようが、あたしはお前さんを身内だと思っているから」

今度はさらりと言葉を続けて、鶴吉の前に、〝焼き茄子〟を盛った皿を置いた。

「ありがてえ……。まったく、ありがてえや……」

やはり居酒屋を訪ねてよかったと、鶴吉は心底思った。

そして好物の〝焼き茄子〟がここにある。

「清さん、すまねえが、これを包んでくれるかい。何だか胸がいっぱいで、喉を通らねえ。帰ってからゆっくりと味わっていただくよ。お嬢、話を聞いてくれて、すまなかったねえ」

鶴吉は声を詰まらせて、お夏と清次に頭を下げた。

「お父っさんに会っても会わなくても、今日の話の続きは、また話しにきておくれな」

清次が素早く竹の皮に包んだ〝焼き茄子〟を手渡すと、お夏は鶴吉を送り出した。

今夜は涼しい風が吹いていて、外は心地よかった。

「ああ、きっと話しにきやすよ。おおきに、おやかましゅうございました……」

鶴吉は包みを縛った紐《ひも》を手に、軽快な足取りで夜道に消えていった。

お夏はいつまでも見送りながら、

「清さん、本当のところは、鶴さん、もっとあれこれ話したいことがあったんじゃあないのかねえ」

呟くように言った。

四

家へ帰ると、鬢《びん》付け油の匂いが出迎える。

長年、独り身で暮らしてきた鶴吉にとっての、それが日常だ。

お夏の居酒屋から、高輪車町の家へ戻ると、深夜になっていて、人気《ひとけ》のない部屋は、いつもより尚寂しく思われた。

惚れた女がいなかったわけではない。

だが、生みの親のことを思うと、所帯を持つ気にはなれなかった。

やくざな父を恨んでみても、自分の体にはその血が色濃く流れている。

子供の頃から喧嘩早かったのも、父親似なのだ。

弱い者を苛《いじ》めたことは一度もない。

理不尽な真似をする相手を見ると、黙っていられなくなるゆえに重ねた喧嘩だ。

間違っていたとは今も思わない。

だが、考えてみれば、父・福助も喧嘩沙汰が絶えなかったものの、非道なことはしなかったのであろう。

自分が鳶の若い衆であった頃。

弱い者苛めをする兄貴分が許せなくて、こ奴を殴って大喧嘩になった。

袋叩きにされかけたところを、相模屋長右衛門に助けられたのは、鶴吉の俠気を気に入ってくれたからだ。

福助が、鉄火の巳之助の弟分になったのも、同じような成り行きであったらしい。

鶴吉が長右衛門を父と慕ったのは、無鉄砲で馬鹿な自分を認めてくれたからで、以後、鶴吉は長右衛門に武芸を習い、長右衛門の人助けには体を張って従った。

福助も恩義のある巳之助のために、体を張ったのだ。

ただ巳之助は博奕打ちで、長右衛門は男伊達でありながら、立派な小売酒屋の主人であった。

それだけの違いに過ぎない。

自分も女房子供がいたとしても、長右衛門のためにはこれをなげうって、己が命をかけたはずだ。

そんな自分がわかるし、恐いから、これまで独り身で生きてきた。

つまり、鶴吉は父・福助の想いなど、とっくの昔から理解していたといえよう。

――お袋は、親父をどう思っていたのだろうか。

ただ恨んでいたのならば、せめて息子の自分は、母親が死した今も、彼女の味方でいてやりたい。

だが、四十を過ぎた鶴吉は、女の生き方、考え方にも色々あると、これまで何度も思い知らされてきた。

——お袋は、倅の先行きを危ぶむあまり、おれを連れて親父と別れたが、本当のところは、おれが思っているほど、親父を恨んではいなかったのかもしれねえ。

福助は確かに極道者だが、亀次郎の母・おていも、そうと知りつつ、福助に熱をあげて一緒になったのだ。

人には周りの者がとやかく言えない恋があるのだろう。

鶴吉は、清次が包んでくれた、〝焼き茄子〟を広げた。

お夏と清次には話さなかったが、亀次郎が訪ねてきた時、

「兄さんとおれとで、親父の好物の〝焼き茄子〟で一杯やれば、親父はきっと兄さんに詫びて、いつ死んでもいいと思うに違《ちげ》えねえや」

と、言った。

その言葉は、鶴吉の胸の内に突き立った。

——〝焼き茄子〟が親父の好物だと？

まだ幼い頃に別れてしまった父親の好物など、鶴吉は知らなかった。

鶴吉は亀次郎の言葉をやり過ごしたが、自分が〝焼き茄子〟好きになったのは、母・お房が何かというと、

「おいしいだろう。たんとお食べ」

と、拵えてくれたからだ。

それが、福助の好物であったとは、一言も聞いたことはない。

お房は、惚れた男とゆえあって別れたが、決して憎んだり恨んだりはしなかったのではなかったのか。

惚れていたからこそ、福助の好物を別れた後も拵えて、よく似た息子が美味そうに食べる姿を楽しんでいたのかもしれない。

そう思うと、鶴吉はいてもたってもいられずに、誰かに生き別れになっていた父親の話をしたくなったのだ。

お夏が言うように、意地を張って弟には、親父に会うつもりはないと言ってしまったが、心の内はずっと、もやもやとして晴れなかったのだ。

――へへへ、つまるところ、おれは、お嬢に、弟と一緒に親父に会えと、言ってもらいたかったのだ。

〝焼き茄子〟を一口食べてみる。

「うめえや……」

きっと食べる仕草も、自分は福助に似ているのであろう。

「よし……」

鶴吉は一声あげると、徳利《とくり》の酒を茶碗に注いで〝焼き茄子〟と共に胃の腑に流し込んだ。

このまま眠ってしまって朝がきたら弟に会いに行こう――。

よく回る酒が鶴吉の心と体をほぐしてくれた。

亀次郎は、今、品川に逗留《とうりゅう》していて、どこの宿にいるのかも聞いている。

――会って二人で、ひとまず親父を訪ねてやろう。

実は、これもお夏と清次には言わずにいたが、亀次郎が福助に会いに行こうと持ちかけてきたのには、もっと急を要する込み入った理由があったのだ。

五

翌朝。

鶴吉は、品川の歩行新宿《かちしんしゅく》一丁目の旅籠《はたご》に亀次郎を訪ねた。

「兄さん、明日は宿で一日待っているから、気が変わったら訪ねておくんなさい」

昨日、別れる時、亀次郎はそう言い置いて、鶴吉の家から立ち去っていった。

女中に心付を握らせて、部屋に案内してもらうと、亀次郎は落ち着かぬ様子で、朝から一杯やっていた。

客間はこざっぱりとしていた。亀次郎もそれなりの渡世人となり、懐具合も寒くないらしい。

まず何よりだが、兄としては、それだけ玄人の暮らしに浸っている弟の身が案じられもした。

「兄さん、きてくれたのかい」

亀次郎は姿勢を正すと、

「すまねえ、どうも落ち着かねえから、一杯いただいちまったよ」

苦笑いを浮かべた。

「まず、楽にしてくんな。おれも親父に会うよ。場合によっちゃあ助けるつもりだ

「……」

「兄さんが？　会うだけでなく、おれと一緒に親父を？」

「お前から話を聞かされりゃあ、弟一人に任せきりというわけにもいかねえや」

「いや、そいつはいけねえ。会ってくれるだけで、おれはありがてえと思っているんだよう……」

二人の会話には、ただならぬ緊張が漂い始めていた。

鶴吉が昨夜、お夏と清次に〝焼き茄子〟の一件と共に黙っていたのは、亀次郎がただ福助に会おうとしているのではなく、父親の助っ人をせんとしていることであった。

亀次郎が久しぶりに江戸へ戻ってきたのは、福助が危ない橋を渡ろうとしていると、風の便りに知ったからだ。

かつて、深川清住町にいて、腕っ節の強い魚屋として鳴らした福助は、危うく命を落しかけたことがあった。

非道な強請《ゆす》りたかりを繰り返す破落戸《ならずもの》を痛めつけたところ、その仲間達から仕返しをされたのである。

福助は、五人相手に臆することなく、天秤棒を振回して暴れ回った。

しかし相手も喧嘩慣れをした者ばかりで、長脇差を持ち出されると、敵わなかった。

天秤棒で殴られ逆上した連中に福助はずたずたにされそうになったのである。

そこを助けてくれたのが、鉄火の巳之助であった。

巳之助は博奕打ちで、清住町の顔役であった。

乾分《こぶん》も十人ばかりいて、この連中を従えて出張ってくると、破落戸達も算を乱して逃げ去ったのである。

「こいつは親分、かっちけねえ……」

福助は以前から巳之助とは顔見知りであった。いつも魚を買ってくれる上に、

「おれは、お前みてえに、威勢がよくて、度胸のある奴は大好きだよ」

と言って、あれこれ旦那衆に引き廻してくれていた。

福助も、巳之助を慕い、好い魚が入れば、

「まず親分にと思いましてねえ」

と、届けたものだが、この時ばかりは、

「福よ、お前、こんな無茶をしちゃあいけねえや」

と、きつく窘められた。

福助の暴れっぷりは、もはや腕っ節の好い魚屋ではすまされないところまできていたからだ。

今は五人を追い払ったが、あの五人にもさらに仲間がいるだろう。

魚屋一人になめられていては、奴らの面目も立つまい。

そ奴らが、また襲ってくるかもしれないとなれば、きりがない。

「そもそもお前は、堅気になれねえ性分らしい。ここはひとつ考え直して、おれの身内になるがいいや」

巳之助はそう言った。

福助はこれを受けて、巳之助の弟分となり、彼のために働いた。

巳之助が乾分にしなかったのは、福助がいきなり鉄火の巳之助一家の者となれば、女房子供や周りの者達が戸惑うであろう。親分子分のない、一人の男伊達として、自分の稼業を手伝ってくれたらよいと、気を利かせてくれたからだ。

こうして福助は博奕打ちの身内となり、忙しく暮らし始めた。

「兄ィ、兄ィ……」

と、慕われると有頂天になり、巳之助一家が何か揉めごとを起こすと、真っ先にそこへ駆けつける日々に生き甲斐を見出した。

若い福助は粋がって、金が入れば弟分や付合いのために使い果し、女房子供には見向きもしなくなったのである。

やがて、お房、鶴吉と別れてしまうと、福助の暮らしは大いに荒れた。

巳之助は、八名川町に持っていた賭場を、福助に任せることにした。

家移りをすれば、少しは気持ちも落ち着くと思ったからだ。

巳之助の考えは当を得たもので、以後、福助はこの町で落ち着いた暮らしをするようになったのである。

ここで福助は、新たな女房子供を持った。

すなわち、おていと亀次郎である。

次第に人間も丸くなり、町の者達が何か困った時は面倒を見たので、

「福助親分」

と、人気も出てきた。

やがて、別れていた鶴吉が、男伊達の髪結として立派に暮らしていると知り、ますます人間に丸みが出てきたのだが、その一方で、亀次郎はぐれて、町を出てしまった。

そして、福助の身の回りにも大きな動きが出てきた。

清住町の、鉄火の巳之助一家が衰退し、賽《さい》の東三《とうぞう》というやくざ者がのし上がってきたのである。

東三は、福助同様、巳之助に目をかけられ、渡世人として生きてきた男なのだが、巳之助が老いると、次第にないがしろにするようになった。

これに腹を立てた巳之助の乾分達が、東三を叩き出そうとしたのだが、東三は喧嘩自慢である上に、悪智恵が働く。

巳之助一家の乾分達を巧みに切り崩し、自分は用心棒を雇い、大喧嘩の末に逆らう者達を返り討ちにしてしまった。

そして東三は、ほとぼりを冷まさんと旅へ出た。

衰退した巳之助一家は、東三が不在の間も町を牛耳る東三一家に押されて、散り散りになってしまった。

福助は東三に怒り心頭となったが、

「福、お前ももう好い歳だ。清住町のことには関わってくれるな」

巳之助はそう言って戒めてきた。

やがて失意の中、巳之助は亡くなり、旅に出ていた東三が戻ってくるという噂《うわさ》が広まった。

巳之助一家の残党は、それまでに失地回復せんと、東三一家の連中と渡り合った。それでも勢いは既に東三一家に移っていて、かつての巳之助の身内は誰も町にいなくなってしまった。

福助は、それも世の趨勢《すうせい》と諦めることが出来ない。

東三が帰ってきたら決着をつけてやると、単身清住町に戻り、その機会を窺っているのだという。

東三一家の代貸は、既にそれを察知して、

「ふん、あの老いぼれが笑わせてくれるぜ。そんなに早死にしてえのなら、願いを叶えてやろうじゃあねえか。だが焦ることたあねえ。じっくりと料理してやるぜ」

と、公言している。

亀次郎としては、父親を見殺しには出来ない。

まず福助に会い、長年の無沙汰を詫びた上で、その身を守ってやりつつ、折を見て町から連れ出そうと考えたのだ。

それでも福助は、一切を突っぱねて、自滅の道を突き進まんとするであろう。

いずれにせよ、命の危険にさらされている福助に、鶴吉を会わせてやりたい。

兄弟して諭せば、老体の身で東三とやり合おうなどという愚を、思い止まってくれるかもしれない。

福助を憎んでいるであろう鶴吉も、父親に危険が迫っているとわかれば、一緒に会ってくれるのではないかと思ったのである。

鶴吉は、亀次郎の願いを一旦はねつけたが、今日になって、父親と会った上で、自分も助っ人をしようと言って、亀次郎を訪ねた。

この異母弟が戸惑うのも無理はなかったのだ。

六

「亀次郎、ようく聞け。親父と会ったら、まず二人でことを分けて話をして、親父を町の外へ連れ出すんだ」

「兄さんが一緒なら心強いよ。だが、親父は嫌がるだろうよ」

「そん時は無理にでも連れ出す。話を聞きゃあ、東三はろくでもねえ野郎だ。だが、巳之助親分は殺されたわけじゃあねえ。博奕打ち同士の諍いに好い悪いはねえんだ。親父が今さら命を投げ出して何になるってえんだよう」

「そいつは兄さんの言う通りだ。だが、親父を連れ出すのに手間取れば、奴らはおれ達が親父の助っ人に来たと疑うだろう」

「そうなるだろうな」

「となりゃあ、問答無用で、奴らはおれ達を襲ってくるぜ」

「そいつは覚悟の上さ」

「それがいけねえと言っているのさ」

「おれが一緒にいちゃあ迷惑かい」

「兄さんを危ねえことに巻き込みたくねえんだよ」

亀次郎は、鶴吉の気持ちが嬉しくて堪らない。

しかし、自分は父親に情をかけて育ててもらったが、鶴吉は違う。

福助は若気の至りで、苦労をかけたまま別れ別れになってしまった鶴吉を、ずっと気にかけていたが、今となっては博奕打ちのままでいる自分が、親父面《づら》して会いにも行けないと、自分を抑えていた。

本心では鶴吉に会いたい福助の想いを汲んで、弟の自分が父子の橋渡しが出来ればと考えたが、そのために髪結として暮らす兄を危ない目に遭わせたとなれば、亀次郎の気がすまないのである。

「襲われたら上手く逃げりゃあいいさ。親父を連れて出るんだ。年寄一人を、相手も深追いはするめえ」

「だからといって……」

「お前、おれをただの髪結だと思っているのかい？」

「いや、相模屋長右衛門という男伊達のお人の許で、随分と人助けに体を張ったと、聞いているよ」

「そうかい。で、亀次郎、お前も腕に覚えがあるんだろ」

「親父譲りさ。そこいらの奴に後れはとらねえつもりさ」

「だったらますます安心だぜ。二人で町から連れ出した後は、亀次郎、お前がどこかの空の下で、親父の面倒を見てやっておくれ」

「すまねえ……」

亀次郎は、手を合わせた。

「そんなにありがたがることはねえよ。あんなくそ親父の身を案じて、旅から帰ってきたお前の気持ちが嬉しいから、ちょいと弟にお節介を焼いてみたくなったのさ。人助けが、おれの道楽でねえ」

亀次郎は、涙ぐみながら、大きくひとつ頷いた。

「そんなら兄さん、どうするねえ」

昨日会ったばかりの兄と父親を救い出しに行く。

その高揚が、亀次郎の声を弾ませていた。

「ぐずぐずしちゃあいられねえや。親父はもう清住町に入ったんだろ」

「ああ、親父のことだから、町をうろついているかもしれねえ」

「ふふふ、くるならきやがれってところかい」

「度胸ひとつで生きてきた男だからな」

「すぐに出かけようぜ。得物は？」

「匕首《あいくち》を持っているよ」

「そいつはおれの家へ置いていけ。喧嘩になっても、相手を殺しちゃあ、かえってこっちの分が悪くならあ」

「そんなものかい？」

「ああ、そいつを使う時は、そっと人を殺《や》っちまう時だ。ふふふ、こいつは太平楽を言っちまったな」

鶴吉は笑ってすませたが、亀次郎は一瞬、兄の目の奥に浮かんだ鋭い光に気圧された。

――兄さんは、やはりただの髪結じゃあねえ。

その想いが、亀次郎を勇気付けた。

「おれの家に、一尺ばかりの鉄の喧嘩煙管がある。いざとなったらこいつを使おう」

鶴吉はそう言うと、亀次郎を連れて品川を出た。

賽の東三が戻ってくるまでは、福助も行動を控えるであろうが、一家の乾分達は、いつ先手を打ってくるかわからない。

二人はまず高輪車町の鶴吉の家に立ち寄って仕度をすると、深川へ向かった。

「亀次郎、お前、旅の空から、よく親父のことを見ていたんだなあ」

「近頃どういうわけか、親父のことが気になってね」

「東三一家についてもよく調べたもんだ。お前は偉《えれ》えよ」

「偉かねえさ。それだけどっぷりと、やくざな暮らしに浸っちまったってことさ。兄さんが羨ましいよ」

「おれが羨ましい？」

「あの親父と、早《はえ》えこと別れて暮らしたからさ」

「ははは、あの親父を傍で見て大きくなると、おかしくなっちまうか。こいつはいいや」

　不思議なものである。道中こんな話をしていると、昔から兄弟として育ったような気になってくる。

　許したくても許せない。父・福助への複雑な想いが、弟の出現によってほだされる。

　真に不思議な心持ちであった。深川に近付くに従って、父に会いたい気持ちが募っていく。

深川の清住町は、鶴吉が六つになるまで住んでいた処《ところ》である。

浅草へ出てからは、近くに寄りさえしなかったが、大川端を歩くと初秋に吹きつける川風がやけに懐かしく、大名家の下屋敷と、霊雲院の塀を見ると、そこを駆け回った淡い記憶が蘇ってきた。

「この路地の向こうに、おれが住んでいた裏長屋があったはずだが……」

「そこは一度焼けちまって、今は空き地になっているそうだよ」

「そうか……」

焼けたのは幸いだとは、住民達の手前、口に出せないが、昔のまま残っていて、あの頃の母親の哀しそうな顔が蘇るのは辛い。

空き地になっているのは、今の鶴吉にはありがたかった。

「親父は、寺寄りの裏路地にある〝すみや〟という煮売り屋にいるらしいぜ」

と、亀次郎は言う。

「〝すみや〟……？　聞いたことがあるぜ。隅三《すみぞう》とかいうおやじがいたような」

「よく覚えているねえ。親父に何度か連れていかれたよ。親父とは同じ年恰好で、仲がよかった小父《おじ》さんさ」

「やはりそうか……」

福助が酒に酔って、

「おい、隅三！」

と叫んでいたのを耳が覚えていた。

煮売り屋は、煮豆、煮染《にしめ》など出来合いの惣菜を売る店だが、店には何脚か床几《しょうぎ》などが置いてあり、ここで一杯飲めるようになっている。

「ここだよ……」

亀次郎はよく覚えていた。

八名川町へ移り住んでからも、福助はこの店には時折、息子を連れて来ていたらしい。

店の前に立つと、鶴吉の頭の中に昔の思い出が蘇った。雑然と並べられた長床几。食欲をそそる煮物の匂い……。

「おや……。まさか……」

隅三が、よく似た顔の二人の男が店の前に突っ立っているので気になったか、表に出てきて、鶴吉と亀次郎をまじまじと見た。

昔から額が広かったが、彼もまた六十を過ぎているはずである。額の広さは頭まで延び、鬢もすっかり薄くなっていた。

「その、まさかさ……。小父さん、亀次郎だよ」

亀次郎は嬉しそうに名乗った。

「やはり亀さんかい……。てことは連れのお人は……」

「鶴吉だよ……」

「こいつは驚いた。そうかい……。立派にお成りになったねえ……」

隅三は情に厚い男である。

友達である福助の、長年生き別れになっている息子二人がいきなり現れたのを見て感極まったのか、おいおいと泣き出した。

ちょうど昼を過ぎた頃で客もなく、隅三は何構うものかと涙したのだ。

「親父が厄介になっていると、八名川町で聞きやしてね。それで兄さんを誘って会いにきたんでさあ」

「小父さん、迷惑をかけちまったね。親父がここにいることで、随分と嫌な想いをさせちまっているんじゃあねえのかい」

亀次郎に続いて、鶴吉は隅三を労るように言った。

それがさらに隅三を泣かせたが、

「嫌な想いなど、何もしてねえや。福さんは、理不尽がまかり通っちゃあいけねえと、言っていなさるんだ。おれは東三が大嫌《でえきれ》えだから、福さんに肩入れしてえのさ。六十を過ぎて、ただ一人で俠客《きょうかく》の意地を貫き通す。おれはそういう福助という男に惚れているんだよ」

隅三は、きっぱりと言った。

鶴吉が持っていた福助という父親像は、たちまち変わっていった。

他人への義理を果すと、どうしても身内は後回しになる。

そんな父親を持つと大変な目に遭うが、一人の男としては立派といえよう。

鶴吉はここへ来てよかったと思った。

他人がこうして、危険を顧みず福助に住まいを提供しているのである。

それに対して、血を分けた息子が何もせずにいるのは、鶴吉の人助けの流儀に反するではないか。

「隅三の小父さん。恩に着ますぜ」

鶴吉は自ずと頭が下がった。

「気を遣わねえでおくれ。おれはお前の親父さんに、何度も危ねえところを助けてもらっているのさ。いざとなったら、東三一家の奴らを出刃で切り刻んでやるつもりさ」

隅三は意気盛んである。

「亀次郎、お前、よく訪ねてくれたな。人には好いところもあれば、悪いところもある。悪いところばかりを見て、人を決めつけるのは、馬鹿のすることだ。おれは危うく、その馬鹿になるところだったよ」

鶴吉は亀次郎に頷いてみせると、

「だが小父さん、意地を貫こうとする心意気は大したもんだが、倅としちゃあ、いくら苦労させられた親父でも、見殺しにはできねえ。小父さんにも迷惑はかけられねえ。首に縄つけてでも、ここから連れ出すつもりだ。おれ達の勝手を許しておくんなせえ」

隅三に手を合わせた。

「鶴吉つぁん……、ほんに好い男になったもんだ。お前の言うことはもっともだ。

ひでえ親だと恨んだとておかしくはねえってえのに、福さんはついているぜ」

隅三はまた涙ぐんで、

「お前の思うようにするがいいや。ただ、あの男を連れて出るのは、随分と骨が折れるだろうがよう」

無理矢理笑みを浮かべた。

「かっちけねえ。それで、親父は今……」

「裏の離れにいるんだが、生憎今は出かけているよ」

「出かけている……」

「すまねえ。思わず話し込んじまって、話が後になっちまった」

「まさか、東三一家に探りを入れに……」

「そうかもしれねえな。だが、下手な動きをすりゃあ、東三が帰ってくる前にやられちまうから、それまでは滅多やたらと出ては行かねえ、そう言っていたから、案ずることもねえと思うが……」

「おれ達もそう思っているが、ちょいと気になるから、その辺りを一廻りしてくるよ」

「へい、お気をつけなせえ。東三一家の住処《すみか》は、東の表通りだから、用心するにこしたこたあねえや」

「色々、すまねえな」

鶴吉は亀次郎を連れて、一旦〝すみや〟を後にした。

去り際に素早く隅三の懐に心付を放り込んだが、隅三はそれにも気付かずに、相変わらず目頭を両手の指で拭っていたのである。

七

「くるならきやがれ……」

その頃、福助は変わりゆく清住町の様子を確かめんとして、町をぶらぶらと散策していた。

身に寸鉄も帯びぬのは昔のままだ。魚屋の頃は素人だが、博奕打ちの身内となれば玄人だ。端から天秤棒など持っていない。

喧嘩となれば、その場で工夫をするのが身上である。

素手で戦い、相手が得物でくれば、雪駄を手にするか、手拭いを濡らして、相手の顔をはたき、得物を奪う――。

そこが喧嘩の醍醐味だと思っている。

六十を過ぎても身体壮健で、体は引き締まっている。

――そしておれは筋金入りの馬鹿だ。

馬鹿ほど恐いものはないのだ。恐れを知らず、いざとなればとんでもないことをしでかすからだ。

東三に、どうしても言ってやりたいことがあってこの町に戻ってきたが、十人以上の乾分がいる男である。傍に寄れるはずはない。それはわかっている。

だが、体を張って許せない相手に立ち向かうのが男だと、福助は信じている。

もうこの世に思い残すことはない。

苦労をかけた女房は、二人共死んでしまった。

二人の倅には何もしてやれなかった。

自分はどうして一人、のうのうと生き長らえているのだろうか。せめて兄貴分として自分をかわいがってくれた巳之助の無念を晴らしてからあの世へ行こう。

だが相手も馬鹿だ。自分の姿を見かけた途端に問答無用だと襲ってくるかもしれない。

福助は、既に何者かに見張られているような気がしていた。

朝から煮売り屋の周囲にも、怪しげな男達の影を見たからだ。

一人は少し鯔背《いなせ》な四十絡みの男、もう一人は体格の好い職人風、そして深編笠の武士である。

そ奴らがただ者でないのは、長年渡世を生きてきた福助には、勘でわかるのだ。

今は福助の出方をそっと見極めておこうというのなら、

——老いぼれ一人に念の入ったことだ。

と思いつつ、東三不在の一家の連中に、そういう智恵が回る男もいる証《あかし》である。

——こいつは一筋縄ではいかねえや。

あれこれ想いを馳せていると、前方の曲り角からいきなり現れた小太りの男の肩が、福助の肩に触れた。

「痛《いて》え……！　やい、老いぼれ、どこを見て歩いてやがるんだ！」

小太りの傍には、一見して破落戸《ならずもの》とわかる男が付いていた。

——何が痛えだ。笑わせやがる。

あまりにもわざとらしい絡み方の手口に、福助は思わず笑ってしまった。

「爺《じじ》ィ！　何がおかしいんでえ！」

小太りは、福助の度胸の据り方を見て、やや気圧されたが、喧嘩自慢の二人連れなのであろう。ここぞとばかり言い立てた。

「こいつはすまねえ、お前の絡みようが、あんまり芝居がかっているからよう」

福助には余裕があった。

「何が芝居がかっているだ。爺ィ、足腰立たねえようにしてやろうか！」

小太りがどこまでもがなるのへ、

「ふん、老いぼれを痛めつけて手柄を立てて、東三に盃《さかずき》でももらうつもりかい？　よしにしなよ。東三は手前《てめえ》が馬鹿だから、頭の好い野郎しか乾分にはしねえよ」

福助はさらりと言った。

「爺ィ……、ぬかしやがったな」

小太りは図星を突かれて頭に血が上り、福助の着物の襟を摑んできた。

しかし、何度も修羅場を潜った福助である。かわす術くらいは知っている。見事にその手を捻《ね》じ上げ、ぽんと押した。

　すると、たたらを踏んだ小太りは、通りすがりの男にぶつかった。

　いや、よく見ると通りすがりの方が、巧みに小太りに体を寄せたというところである。

　だが、小太りは逆上して、通りすがりには構わず、尚も福助にかかろうとするのへ、通りすがりは、

「待ちやがれ……」

　その襟首を摑んで引き寄せた。

「この野郎……、ぶつかっておいて挨拶なしかい！」

　そうして、小太りを蹴り上げた。

「や、野郎！」

　小太りの仲間が通りすがりに殴りかかった。

　だが、通りすがりにも仲間がいて、その前に鉄拳を食らっていた。

　通りすがりの二人は鶴吉と亀次郎であった。

　たちまち二人は、ぴたりと合った息で、破落戸《ならずもの》二人を叩き伏せて地面に這わせた。

その上で、

「父《とっ》つぁん、怪我はありやせんでしたかい」

「そこまで送りやしょう」

目を丸くして二人を見ている福助に、他人のふりをしつつ、彼を連れてその場から、そそくさと立ち去ったのだ。

歩きつつ亀次郎は、

「親父、勝手に家をとび出して、すまなかった。許しておくれ……」

耳打ちするように言った。

「亀次郎……。お前……」

福助は、喧嘩の時の落ち着きが嘘のようにうろたえて、

「おい、お前、まさか、連れのお人は……」

亀次郎にかける言葉も出ずに、鶴吉を見た。

「連れのお人ってことがあるかよう。鶴吉だよ……」

鶴吉は、低い声で言った。

「鶴吉……！」

ったが、今はその想いもなくなったと、心の丈を打ち明けた。

福助は感じ入って、

「何もかも、このおれが馬鹿だから招いたことさ。亀次郎、旅の暮らしで渡世人を貫いてきたのは大したもんだ。おれは鶴吉とお前に会えて、こんなに嬉しいことはねえ。これでいつ死んだっていいぜ。お前ら二人には申し訳ねえが、馬鹿な親父を持っちまったと諦めて、これからは、思いのままに暮らしておくれ」

と言ったものだ。

鶴吉と亀次郎は、ただ一人で鉄火の巳之助の無念を晴らさんと、この町に戻ってきた福助を称えて、

「だが、今さら東三一家相手に何ができるものじゃあねえぜ」

「奴らには、親父の動きはお見通しだ。ここは意地を張らずに、おれ達と一緒に町を出ておくれ」

二人で懸命に諭した。

ただ一人でこの町に戻ってきたとて、殺されに帰ってきたようなものではないか。

息子としては、見殺しに出来ない。

鉄火の巳之助が、賽の東三に押されてしまったのも世の移ろいであったのだ。旅に出た東三が帰ってくると聞いて、ここまで出張ってきただけで、福助の意地は示せたはずだ。

一緒に町を出ようではないかと、二人の息子は説いたのだが、

「お前達二人の気持ちはありがてえ。おれはつくづく幸せ者だと思う。だが、東三が帰るまでに町を出たのではおれの意地が立たねえ。言っておくが、おれは奴と喧嘩をするためにここへ来たのじゃあねえ。東三もおれも巳之助兄ィの世話になった身内同士だ。東三は頭が切れるし、商売上手よ。人も銭も自ずと東三に流れていった。それをよく思わねえ兄ィの乾分達が、東三に喧嘩を売って、返り討ちにあって、ますます巳之助兄ィの勢いが衰えた。兄ィにも東三にも言い分はあるはずだ。だが、東三は巳之助兄ィのお蔭でやってこられたのに、その兄ィをないがしろにしやがった。それを叱ることができるのは、今となってはおれだけだ。おれは奴に意見をしてやるつもりでいるのよ。奴にも人らしいところが残っているのなら、せめて巳之助兄ィの墓の前で、おれの気遣いが足らなかった、勘弁してくだせえと詫びろと言ってやりてえのさ。奴に会わせようとしねえなら、そんな乾分共は蹴散らしてやる。

それで殺されるなら仕方がねえや。おれはそう思っているし、考えを改めるつもりもねえ」

福助は、そう言い切って、倅二人の意見を聞こうとしなかった。

鶴吉と亀次郎は、こう言われると何も言えなかったが、

「そんならお父つぁん、おれが露払いをしようじゃあねえか」

「親父、おれも兄さんに付いていくぜ」

と、食い下がった。

付いていくとなれば、二人にも危険が及ぶ。

思い止まると考えたのだ。

「馬鹿野郎！」

福助は、この日一番の大声で二人を叱りつけた。

「これは、おれと東三の話だ。あっちが殴り込みをかけてきたのならともかく、お前ら二人を連れていった方が話はややこしくなるってもんだ。一人が三人になったところで同じことよ。お前らに万一のことがあったら、お房とおていに申し訳が立たねえ！」

どこにそんな気迫が残っているのかという勢いは、長年渡世を生き抜いてきた男の凄みに溢れていた。

「お前ら二人には、おれが話をつける間、隅三の身を守ってやってもらいてえ」

鶴吉と亀次郎は、福助に押し切られた。

――困った親父だ。

と、嘆きつつも、この老俠客の言葉には、一本筋が通っている。

二人の息子の思いがけない来訪に大泣きしながらも、渡世人としての生き方は決して曲げない。

鶴吉は、この男を憎しみ恨み、会おうともせず、生き死にさえも確かめようとしなかった自分を、恥じた。

――やはり、お袋は親父に惚れていたんだ。

それがはっきりして心地のよさを覚えていた。

「わかったよ。お父つぁんの思い通りにするがいいや。だが、東三が帰ってくるまでは、傍にいるよ」

鶴吉は、何か言いたそうな亀次郎に、

——その間に何か手立てを考えよう。

目で語りかけると、それから二日の間、父子三人で隅三の家の離れ家で、ゆったりと過ごした。

福助に絡んできた破落戸《ならずもの》二人は、東三一家の身内ではなさそうだが、通りすがりを装いつつも、二人で派手に叩き伏せたのだ。代貸がそれを聞きつけて動き出すかもしれない。

福助は、四十絡みと職人風、編笠の浪人者に見張られていると察知していた。

ここは動くわけにはいかなかった。

父子三人は、それぞれの近況を、この機会に語り合った。

福助は、八名川町で巳之助の賭場を守っていたが、互いに年老いると賭場をたたみ、方々の商家から揉めごとの仲裁などを頼まれ、悠々自適に暮らしていたという。

亀次郎は博徒として旅に暮らし、その道ではそれなりの顔となったそうな。

鶴吉については、相模屋長右衛門の許で人助けに体を張っていたことが、福助と亀次郎には、大したものだと受け容れられた。

生業を持ち、職でも俠気でも人の役に立つのが、本当の俠客の姿だ。それが出来なかった自分達は恥ずかしいと、父と弟は何度も感じ入ったのだ。

しかし、鶴吉はその裏で盗賊〝魂風一家《たまかぜいっか》〟の一員となり、悪徳役人、商人の蔵を襲い、もう一人の母と慕った長右衛門の妻にしてお夏の母・お豊《とよ》の仇討ちに臨み、何人もの命を奪ったことは言えない。

親兄弟にも打ち明けられぬ過去がある。鶴吉はそこに漠然とした寂しさを覚えていたのである。

肉親に縁がなかった自分が、一度に父と弟二人を得たというものを——。

九

三日目の朝を迎え、〝すみや〟の主・隅三が慌しく離れ家に入ってきて、

「福さん、東三が帰ってきやがったぜ」

と伝えた。

「そうかい……。ありがとうよ」

福助は、表情を引き締めると立ち上がったが、

「まずお待ちなせえ」

鶴吉が押し止めた。

「すぐに動くこたあねえや。相手も何を考えているかしれねえ。おれが様子を探ってくるよ」

鶴吉と亀次郎は、何とかして福助が危ない目に遭わないようにしなければと考えたのだが、福助の意志を変えられぬままでいた。

それでも、福助が東三一家に乗り込む時は陰からそっと見守ろうと話はまとまっていた。

「様子を見てくるってお前、どうする気だ？」

福助は訝《いぶか》しんだが、鶴吉は表へ出ると、煮売り屋との間にある井戸の屋根の上に、猿のごとく上ってみせた。

そうして、あんぐりと口を開けて見ている福助、亀次郎、隅三を見廻して、

「お袋が死んでから、おれは鳶になったから、今でもこんな芸当は朝飯前なのさ。帰った早々、野郎が何を企んでやがるのか、確かめておいてから乗り込んだ方が好いぜ」

ニヤリと笑った。

「わかった。ここはまずお前の言う通りにしよう」

福助は感慨深げに応えた。これだけの芸当を仕込まれるには、かなりの苦労があっただろう。父親に逸《はぐ》れて鳶に引き取られた鶴吉を不憫《ふびん》に思ったのだ。

「そんなら亀次郎、ここは任せたぜ」

鶴吉は井戸の屋根からさっと下りると、裏手の木戸から外へ出た。帯の後ろには喧嘩煙管を差し、手拭いを吉原かぶりにした。

既に東三の家は当りをつけてあった。多少は世間を憚っているのか、町の東の端の表通りにあるものの、杉木立に囲まれた、目立たぬ仕舞屋《しもたや》である。

鶴吉はここで手拭いを頬《ほ》っかむりにすると、裏手へ回り、難なく庭の植込に身を潜めた。

向こうの濡れ縁のある座敷が、東三の居室に違いない。

まだ日射しは強く暑い日であったので、幸いにも戸は開け放たれている。

息を潜めて様子を窺うと、親分らしき男が入ってきて、長火鉢の前に座った。

こ奴が東三であろう。

福助が言っていた通り、博奕打ち同士の争いであるから、互いに言い分があり、東三ばかりを責められぬのではなかろうかと鶴吉は見ていた。

福助も、あくまでも東三には、兄貴分をないがしろにした不始末について意見をするつもりでいると言っていた。

それから察すると、東三もそれなりの貫禄を備えた渡世人ではないかと思ったが、

——こいつはいけねえ。

その面相を見て、鶴吉は東三が旅に出ていた間に、ろくでもないやくざ者に成り下がったと確信した。

髪結の鶴吉には、人相見が自ずと身についている。東三の目付きは空虚で、顔に刻まれた深い皺《しわ》には、狡猾《こうかつ》さが浮かんでいる。

歳の頃は五十。この歳になって顔付きに和みがないというのは、どうであろう。

福助でさえも、東三の今の姿は予想出来ぬであろう。

東三の前に畏まっているのが代貸と思われる。

こ奴の人相も死神のように不気味だ。

「巳之助を追い込んだことを世間の奴らが何と思っているか気になったから、旅に

出たがよう。やはり江戸が何よりだぜ」

「へい。親分に田舎は似合いませんぜ」

「まるでおもしろくもねえ一年だった」

「所詮この世は力がある者が正しいと、あっしは思いやすぜ」

「お前の言う通りだ。下手にお上を気遣って、ほとぼりを冷まそうなんて、くだらねえことをしちまったぜ」

「ひとまず旅の垢《あか》を落してくだせえ」

「その前に。福助の老いぼれが、町へ出てきたそうじゃあねえか」

「へい、笑わしやがる。親分に会って意見をするつもりのようですぜ」

「身のほども知らねえくそ爺ィだぜ。おれが帰ってきたからには、大きな面はさせねえ。こういうのは初めが肝心だ。足腰立たねえようにしてやんな」

「そうくると思っておりやした」

植込の陰にいる鶴吉の体が、びくりと揺れた。

――野郎、ふざけたことをぬかしやがる。

探りに来て何よりだったと思った。

――こうしちゃあいられねえや。

相手がその気なら、意見をしに乗り込む前に襲われるかもしれない。

鶴吉は、福助と亀次郎にこれを伝え、まず戦いに備えるべきだと、すぐにここから外へ出ようと考えたのだが、

「親分に喜んでもらおうと思いましてね。福助が身を寄せているけちな店の周りに、乾分達をやりましたから、今頃は頃合を見計らって、一斉に殴り込んでおりやしょう」

「そいつは手回しがいいや」

「随分前に家を出た福助の倅が戻ってきているようで、こいつが仲間を一人連れて、健気に親父に引っ付いているとかで」

「腕が立つのかい？」

「腕っ節は強《つえ》えようですが、二人じゃあどうしようもありやせんよ。こっちは十人ばかり送り込んでおりやすからね……」

鶴吉はこのやり取りが終らぬうちに、〝すみや〟へ走った。

――しまった！　入れ違いとは間が悪過ぎるぜ。

東三は、話し合いも何もなく、問答無用で逆らう者を叩き潰すという、力の誇示をまず見せつけるつもりらしい。

〝すみや〟の周りに乾分を伏せておいて、一気に離れ家へ殴り込む——。

福助が気にしていた、四十絡み、職人風、編笠の浪人達は、以前からその機会を窺っていたのに違いない。

植込の陰からとび出して、東三と代貸を痛めつけてやりたかったが、とにかく福助と亀次郎、それに隅三が気になった。

喧嘩煙管一本でどこまで戦えるかわからないが、鶴吉は駆けつつ命をかけんと度胸を決めた。

——お父つぁん、亀次郎、死ぬんじゃあねえぞ！

鶴吉は、初めて肉親への湧き上がる情を覚えた。

いても立ってもいられなくなるこの焦燥は、お夏や清次に覚える感情と同じものだが、たった数日一緒にいただけの二人が、これほどまでに愛おしく思えるとは——。

〝すみや〟が見えてきた。店先には誰もおらず、長床几は倒れ、床には鉢が転がっている。

店に客としてやって来た東三の乾分達が、ここぞとばかり、中へ押し入ったと見える。

ところが——。

店に近付くと、顔をしかめ、足を引きずり、腕や腹を押さえた若い連中が、何人も奥から出てくるではないか。

「何でいお前らは！」

店の前で一喝すると、若い衆は怯《おび》えたような声を発し、這々《ほうほう》の体で四散した。

鶴吉は、呆気にとられて離れ家へと入った。

福助と亀次郎が、隅三と三人で戦って撃退したとは思えなかった。

すると、井戸端に福助、亀次郎、隅三がいて、四人の男女と笑い合っていた。

「そうでしたかい……」

鶴吉は苦笑いを浮かべた。

四人の男女は、粋筋の女将風に装ったお夏と、四十絡みの鯔背な清次、職人風の船漕ぎ八兵衛《はちべえ》、編笠を脱いだ河瀬庄兵衛《かわせしょうべえ》。いずれも、鶴吉と共に人助けに体を張った〝相模屋〟の者達であった。

福助が見た怪しい三人組は彼らであったのだ。

「鶴さん、端から言ってくれたら好いのにさ」

お夏がにこりと笑った。

「いや、あっしら父子のことに巻き込みたくはなかったんでさあ」

頭を掻く鶴吉に、

「お前さんの身内は、あたし達の身内さ」

「お嬢……」

鶴吉は涙を堪えて、四人に頭を下げた。

お夏は、居酒屋を訪ねてきた鶴吉が、何かを隠していると察して、清次、八兵衛、庄兵衛を、すぐに清住町へやり、福助の居どころをつきとめて、そっと見張っていたのだ。

十人ばかりの乾分達が、離れ家へ押し入ったと見るや、東三の帰りを知って駆けつけたお夏は三人と合流して、福助達に加勢した。

乾分達は慌てて匕首を懐から取り出し、切りつけてきたが、庄兵衛が抜刀して次々と峰打ちに倒すと、清次、八兵衛、さらにお夏も棒切れを揮ったから、乾分達は算を乱して逃げ去ったのである。

「鶴吉……、お前が出入りさせてもらっていた〃相模屋〃さんの許で、立派に人助けに明け暮れていると聞いた時は嬉しかったが、今もこうして、もの言わずとも助けてくださるとは、おれは誇らしい想いだぜ」

福助は鶴吉に、何度も頷いてみせる。

「おれは、お父つぁんの顔もほとんど覚えてねえままに別れちまったが、そのお蔭でお夏さんの親父さんに出会うことができた。亀次郎を生んでくれたお蔭で、こうしてまた会えた。ははは、世の中の巡り合わせというのはおもしれえな」

鶴吉が応えると、お夏は相槌を打って、

「福助親分、東三という男は、何を話しても無駄な外道に成り下がったようで。あたし達〃相模屋〃の者は、皆散り散りになって暮らしておりますが、時には人の助けになれるように、昔とった杵柄で一暴れさせてもらってきました。この上は親分に売られた喧嘩を買ってもらいとうございます。鶴さんどうだい?」

「へい。そんならお父つぁん、皆で助っ人をするから、東三のところへすぐに乗り込んでやろうじゃあねえか」

福助はお夏に小腰を折って、

「〝相模屋〟のお嬢さん。そんならお言葉に甘えさせていただきやす。あっしはろくでもねえ男でございましたが、これで少しは人様のお役に立てそうでございます」

しみじみと言った。

「お父つぁん、ことがすんだら助っ人のことは忘れてくんな。亀次郎、隅三の爺《とっ》つぁんも、いいね」

鶴吉が三人に念を押して、

「さあ、行こうじゃあねえか！」

一同は福助を先頭にして、東三の家へと押し寄せたのである。

十

「おい！　いってえどうなっているんだよう」

東三はしどろもどろになって言い訳をした。

「東三、お前も昔は骨のある若い衆だったが、くだらねえ男になっちまったな。おれは哀しいぜ」

福助は悲痛な声をあげた。

「男が立つ立たねえとか、義理がどうとか言って暮らしてきたが、何でい、とどのつまりは欲に呆けた奴らとのせめぎ合いで、おれの一生も終るのか。女房子供を泣かせてよう……」

東三は、声を詰まらせる福助に当惑して、

「おれは縄張りを兄ィに明け渡すよ……」

許しを乞うばかりである。

「馬鹿野郎！　おれはお前と男と男の話をしたかったんだ。縄張りなんぞは、どこの馬鹿にくれてやれ」

「そんならおれは、どうすりゃあいいんだい」

「巳之助親分の墓の前で詫びを入れろ」

「親分の墓の前で……」

「おれが付合うから心底詫びろ」

「その後は……」

「お前の好きにしろ。ただし、隅三の店には指一本触れるんじゃあねえぞ」

「で、福助の兄ィは……」

「ここを出て行くよ。切った張ったはよしにして、これからは倅の言う通りに暮らすとするよ」

へなへなとその場に崩れ落ちた東三を、福助は追い立てるように、近くの墓所に連れていった。

東三が地面に額をこすりつけて詫びるのを確かめると、

「巳之助の兄ィ。これで料簡しておくんなせえ。おれは果報者だ。兄ィに拾われて好い気にさせてもらって、使いものにならなくなったら、今度は倅が拾ってやるとよ……」

自分はしっかり手を合わせ、

「そんなら東三、お前がこの先、人に嫌われて生きようが、慕われて生きようが知ったことじゃあねえが、生かしておいてやるから、よろしくやんな。あばよ……」

それだけを言い置いて、〝すみや〟に戻った。

清次が〝焼き茄子〟を拵えた。ここで彼が料理の腕を揮ったのは、

「何があっても、お嬢の居酒屋へは行かしやせんから……」

鶴吉が、親兄弟の名乗りはあげても、

「おれの身内はお嬢達だけだ。親戚付合いはさせませんよ」

と、お夏に言い切ったからだ。

亀次郎は、鶴吉に深く詫びた。

「親父を助けてやりたい一心で兄さんを訪ねたが、大変な想いをさせちまった。ほんにかっちけねえ……」

そして、互いに苦労をかけ合った福助を、神奈川の宿へ連れていくと言う。

そこで〝相模屋〟のような小売酒屋を開く段取りをしているのだそうな。

ほとんど顔も忘れていた父。会ったばかりの弟。

血と男の意気地だけで繋がり、一仕事終えた後は、あっさりと別れていく。それでよいだろう。

鶴吉とて、あらゆる因果を背負って生きている。肉親の情は無用のものだ。

「だが、生きてりゃあ、また会って一杯やることくれえはあるでしょうよ」

〝焼き茄子〟は、清次が拵えたものに限る。

隅三の店で、好物を肴に一杯やると、鶴吉は、そこで父と弟と別れた。

そうして深川で船を仕立てると、お夏、清次、八兵衛、庄兵衛と五人で目黒へと向かった。

「鶴さん、これでよかったのかい？」

お夏は、弟を見るような目差しを鶴吉に向けた。

「十分ですよう。今日は店を休ませちまって相すみません……」

「いいんだよう。五人だけで飲み直しといくかい」

「へい……。好いですねえ、五人だけで……」

鶴吉はとろけるような笑みを浮かべた。

隅三の店で、美味い美味いと〝焼き茄子〟を食べていた父と弟の面影が、川面に呑まれて消えていった。

第三話　焼飯

一

文政の頃に〝焼飯《やきめし》〟といえば、握り飯を網で焼き、醤油を塗ったり、味噌を付けたりして風味を出す〝焼きおにぎり〟のことを指す。

「だがよう、握り飯にしてから、そいつをまた焼くなんて、面倒じゃあねえか」

助五郎は、これを好んで弁当にする者の気が知れないと、予々《かねがね》思っている。

飯を炊いて朝餉《あさげ》をすませ、残った分で握り飯を拵えて仕事先へ持っていく。

その折に、網で焼いておくと、夏場は安心だし、焼くことで香ばしさが増し、ほどよい歯ごたえが心地よく食も進む。

一見すると無駄がないが、朝炊いた飯がいたむことはまずないし、夏場が心配というなら、そこいらの飯屋で昼をとればいいではないか。

だが、焼きおにぎりの美味さはよくわかる。

白飯の表面が少し焦げているのも、確かに味わいがあるし、これなら冷や飯も随分と美味くなるはずだ。

そこで助五郎は、夕餉の折に飯を炊き、汁や魚、香の物などで存分に食べて、翌朝残った冷や飯で、〝焼飯〟を拵えればよいと考えた。

ただし、焼きおにぎりを拵えるのではない。

鉄鍋を熱して、そこへいきなり冷や飯を放り込むのだ。

いちいち握り飯にするのは手間がかかる。

梅干を入れるなら、一個放り込んで杓子《しゃくし》でばらして馴染ませれば好い。

削り節を入れてもよいし、刻み葱《ねぎ》などを散らし、塩や醬油を加えて味付けすると出来上がりだ。

初めの内は、鍋に飯がこびりついて困ったが、それならばと、胡麻《ごま》油などを薄く鍋にひいておくと、これも解決出来た上に、さらに味わいがよくなった。

すっかり秋めいてきたこの日の朝も、助五郎はいそいそと、ゆうべ炊いた飯の残りで、〃焼飯〃を拵えた。

「油揚げが残っていたなあ……」

これを細かく刻んで、削り節と共に加えてみた。

「うむ、うめえや……」

ほどよく焦げ目のついた飯を、杓子ですくってそのまま口に運ぶと、助五郎はニヤリと笑った。

味わいもさることながら、助五郎にとっては、

――おれのやり方が、何よりも無駄なく、うまく飯を食えるぜ。

その、してやったりという感情が、彼を満足させていたのである。


〃焼飯〃で力をつけると、助五郎は稼ぎに出た。

彼の生業は駕籠舁きである。

お夏の居酒屋の常連で、愛妻家、子煩悩で知られる、源三の相棒だ。

歳は助五郎の方が二つばかり下だが、同じような年恰好でも、未だ独り身の助五郎と源三は、正反対の気性だといえる。

二人は共に駕籠を担ぐようになってから、もう七年になろうとしているのだが、それぞれの日常を仕事に持ち込まないゆえ、かえって相棒として上手くやっていけるのかもしれない。

助五郎は、偉丈夫の源三に引けをとらないがたいの大きさで肩の高さも同じ。釣合がよく取れている。

体力も源三に負けず劣らずで、足腰もしっかりしているから、二人の駕籠は乗り心地がよいと評判なのだ。

だが、三十男にして独り身の助五郎には、源三のように守るべきものがない。

それなりの歳になってくると、押し出しも強くなり何ごとにも物怖《ものお》じしなくなるので、つい余計な口を利いてしまうことも多くなった。

「えっさ！」

「ほいさ！」

と、いつも軽快に駕籠を舁く二人を気に入った粋筋の女が、

「ちょいと駕籠屋さん、乗せておくれな」

この日は、口開け早々客となってくれた。

太鼓橋から品川台町へと走り、雉子宮《きじのみや》の社前まで乗せると、客は上機嫌で、

「この先の〝ことぶき〟という小料理屋にあたしはいるから、いつでも飲みにきておくれな」

酒手と共に、そんな誘い文句を添えたものだ。

すると、源三が愛想を返す前に、助五郎が、

「いやいや、姉さんの店で飲むと、一升二百文で買える酒が、何倍にも化けちまうから、あっしはなかなか店で飲む気になれねえんですよう」

などと、つれない返事をした。

おどけて言うなら洒落《しゃれ》になるが、こういう時の助五郎は理屈っぽい物言いになってしまうから困る。

女は酌婦で、

「あたしが酒を注ぐから、楽しく飲みましょうよ」

と言っているわけで、そもそも色っぽい女のいる料理屋で出す酒の卸値を持ち出すほどの野暮はない。

きょとんとする女の客を見て、

「ははは、姉さん、勘弁してやっておくんなせえ、この相棒は、しかつめらしい顔をして、ふざけたことを言うのですがねえ、これがまったくおもしろくねえんでさあ。ははは……」

慌てて、源三はその場を取り繕った。

助五郎はというと、これには仏頂面で、

「おれは端から、おもしろいことを言うつもりはねえよ」

と応えたのだが、

「ほら、おもしろくねえでしょう」

すかさず源三が言葉を継いだので、

「ふふふ、ほんとだねえ。おもしろくないよ……」

酌婦も、それが助五郎の戯れ言なのだと解して、高らかに笑ってくれたので、ことなきを得たのであった。

さすがにこの日は源三も、

「助、お前、嫌なことを言うんじゃあねえや」

客が見えなくなってから苦言を呈したものだ。

「おれは嫌なことは言っちゃあいねえ。誘いをまじめに断ったんだよう」

助五郎は悪びれずに応えたものの、客が一瞬気を悪くしたのはわかるので、

「思ったことを包み隠さず言っちまうのが、いけねえのなら黙っているよ」

と、ぶっきらぼうに言葉を継いだ。

「お前の言っていることは間違っちゃあいねえが、おれ達は客商売なんだからよう。また駕籠に乗ってもらえるように、愛想のひとつも言わねえといけねえのさ」

「そんなものかな……」

「そうさ」

「駕籠屋が大事にしなきゃあいけねえのは、客に愛想を言うよりも、どうすれば駕籠の乗り心地がよくなるか、それを考えることじゃあねえのかい。おれはそう思うがねえ」

それでも話すうちに、助五郎の理屈が勝ってくるから、源三はますます困ってしまうのだ。

駕籠を舁く相棒としてはこの上もなく優れているのだが、商売仲間としては辛い。時として客が話しかけてくると、それに理屈っぽく応えたり、間違いを指摘した

りするのが助五郎の悪い癖なのだ。

それゆえ、そもそも源三は先棒だったのだが、二年前から助五郎に先棒をさせて、自分は後棒に回った。

先棒の方が客への声が、少しでも遠くなるのではないだろうかと、考えたからだ。

一事が万事、助五郎はこのように無駄を嫌い、自分が定めた決まりごとを、淡々とこなしていく日々に喜びを見出している。

その意志を押し通すために、人の意見には耳を傾けず、時には理屈でもって相手を黙らせる。

独り身ではあるが、酒を飲みに行くことはなく、きっちり自炊をこなし、〝焼飯〟を考案するほどに、日々無駄なく過ごしている。

それゆえ、隙がなく心を開かないので、この変わり者と付合う源三は、気苦労が絶えないのである。

恋女房とかわいい二人の子供。

彼はこの三人を守っていかねばならない。

それには助五郎という相棒は、なくてはならないのだから、もう少し付合い易い男でいてもらいたい。

せめて、お夏の居酒屋で、仕事を終えてから一杯やってあれこれ語り合えば、もっと互いの気持ちをわかり合えるのだろうが、助五郎はさっさと家へ帰ってしまう。源三には家で待っている女房子供がいるのだから、彼もすぐに帰ればよいのであろうが、誰かと馬鹿な話をして、酒でも引っかけないと、気が休まらない時もある。

以前からたまりにたまったその不満が、源三の心の中で、今日はとうとう爆発してしまった。

彼は、駕籠屋から借りている駕籠を戻して、いつものように相棒とあっさり別れると、すぐに行人坂を上ったところにある、お夏の居酒屋へ向かった。

そして、日頃は店で相棒の話題は滅多に出さないのだが、常連客達の顔を見るや、

「助五郎のことなんだけどよう」

ついその名を口にしていたのである。

二

店には幸いにも、口入屋・不動の龍五郎と政吉、米搗きの乙次郎、車力の為吉、鳶の文次《ぶんじ》、茂助《もすけ》達、お決まりの客が揃っていた。

心に屈託を抱えている時は、この店に来てまず女将のお夏に話を聞いてもらいたいのが客達の本音だ。

しかし、お夏にいきなり話すと、

「ここは檀那寺《だんなでら》じゃあないんだよ。そういう相談ごとは持ち込まないでおくれ」

などとはねつけられるに決まっている。

きついことを言いながらも、とどのつまりは、客達に救いの手を差し伸べるお夏ではあるが、いちいちそれを受け付けていては、ただの〝お人よしの馬鹿〟になってしまう。

体がいくつあっても足りないのである。

少々のことは、おめでたい客同士で力の貸し借りをしろ、但《ただ》しそれを店に持ち込むなという姿勢を貫いている。

となると、まずは店の中で話題にして、常連客肝煎の龍五郎に、

「婆ァ！　お前も何とか言いやがれ！」

という具合に、そこからいつもの口喧嘩に持っていってもらい、

「わかったよ。だけど、どうなったって知らないよ」

というお夏の言葉を引き出すのが、何よりである。

源三が助五郎の偏屈ぶりを常連達に嘆いていると、

「なるほど。源三、お前もなかなかお節介な男なのに、相棒のことには手を焼いているってわけかい」

さっそく龍五郎が話に乗ってくれた。

助五郎は、こういう日暮れてからの居酒屋には寄りつかないが、炊いた飯が切れる昼時は、よく食べにやって来るので、店にいる誰もが彼を知っている。

とはいえ、言葉少なで、黙々と飯を食べるばかりなので、龍五郎もほとんど喋《しゃべ》ったことがなく、助五郎については、

「無口な働き者」

という印象しかなかった。

それゆえ、改めて日頃の彼の変人ぶりを聞かされると、

「相棒がそれじゃあ苦労するなあ」

と、気の毒がってくれた。

——助五郎という相棒は、人のことにあれこれ構わない、さっぱりしたところがあると思っていたが、なかなかの変わり者だったんだねえ。

聞くとはなしに聞いていたお夏も、まず心の内で興をそそられていたが、表情を一切変えず、この日は板場で〝すいとん〟の具材をゆったりと刻んでいた。

「だが源さんの相棒は、働き者なんだろう」

政吉が訊ねた。

「ああ、駕籠舁きとしての腕は、誰にも引けをとらねえよ。だから、おれには大事な相棒なんだが、ちょっとばかり正直に物を言い過ぎるのと、理屈が立つのが困りものってわけさ」

「まあ、話を聞きゃあ、客を怒らせちまうこともよくあるんだろうが、名人と呼ばれる職人には、気難しい者が多いように、腕が好いなら多少は大目に見てやるんだな」

「うん、政さん、おれもそう思ってはいるんだが、駕籠屋は二人でひとつだろ。こっちは疲れちまうのさ」

「そうか……。お前も同じだけ駕籠を昇かなきゃあいけねえんだものなあ」

政吉が神妙に頷くと、

「やはりここは何だな、しっかり者の女房を持たせるに限るな」

龍五郎は腕組みをしながら、

「そう思わねえか、婆ァ……!」

さっそくお夏に水を向けた。

源三の思惑通りとなったが、お夏も容易く龍五郎の挑発には乗らない。

「ああ、親方が好いのを世話しておやりよ」

お夏は板場から出ようとはせず、さらりとかわした。

そんなことはわかりきった話だし、源三が今までにも、それとなく、

「助、お前も女房を持ったらどうだい?」

と、相棒に勧めているのを見かけていた。

助五郎は、その度にふっと笑って聞き流していたが、

「女房子供なんて、おれにはまったく無用のものさ」

と、目がものを言っていたように思える。

「親方、それが奴はなかなかその気にならねえんでさあ」

　案の定、源三は龍五郎にそう応えた。

「そうかい、そりゃあそうだな。お前のことだから、その辺りに抜かりはねえだろうな」

「奴は、とにかく無駄を省きてえ男でしてね」

「相棒にとっちゃあ、女房子供は無駄ってわけかい」

　龍五郎は渋い表情を浮かべたが、考えてみればそうかもしれないと、妙に思い入れをしてしまう者達もいた。

「女房子供が無駄と思うような奴は不幸せだよ」

　龍五郎は、これではいけないと、若い男達を鼓舞するように言って、

「政、お前も未だに独り身だが、まさか、そんな風に思っているんじゃあねえだろうな」

　と、政吉に厳しい目を向けた。

「無駄とは思っちゃあいませんよ。あっしの場合は、まだ女房子供を持てるほどの人間になっちゃあいねえと考えているだけで」

政吉は、口入屋として龍五郎の右腕となって励んでいるが、今の暮らしにやり甲斐を覚えるあまり、女房を見つける間がないのだと言い訳をして、

「源さんの家に相棒が遊びにきたことはねえのかい？」

と、源三に問うた。

「そいつは一度もねえな」

「誘ってやったらどうなんだい？　源さんの家へ行って、やさしいかみさんと、かわいい子供を見たら、気持ちが変わるんじゃあねえのかい？」

「なるほど、そいつは妙案だぜ」

龍五郎は膝を打った。

源三の家は、誰もが憧れるほどの温かさに充ちている。

そこへ行って飯でも食えば、いかな助五郎とて、心を動かされるであろう。

「女房を持てと言うのではなくて、持ちたい想いにさせてやるのが肝心だ」

ゆったりと一同を見廻した龍五郎であったが、悦に入る様子を覗き見ると、お夏もからかいたくなってきて、

「ははは、好いこと言うねえ……、ようッ！　口入屋！」

つい茶化してしまう。

「婆ァ！　表へ出やがれ！」

〝おれは好いことを言った〟と思うと、必ずからかってくるお夏に、龍五郎は顔を真っ赤にした。

「今までに何度も誘っているのに、まったくこようとしねえのさ」

源三が言った。

「相棒の家へ行くのも、無駄ってわけかい」

龍五郎は溜息をついた。

「助五郎が言うには、家へ遊びに行けば、お前のかみさんに面倒をかける。お前もかみさんも気にするなと言ってくれるだろうが、そう言われても気を遣う。てことは、お前の家へは気を遣いに行くようなものだ。そんな刻《とき》を過ごしたところで、互いに無駄になっちまう……、なんてね」

「おかしな野郎だなあ……」

「まったく面倒な野郎でさあ……」

源三は何度も、助五郎の住む裏長屋を覗いたことがあるが、彼の家の中は、見事にきっちりと片付いている。

そもそもが質素な時代だとはいえ、無駄と思われる物は一切なく、小ぶりの長火鉢の前に座れば、必要な物はどれも手の届くところに置かれてある。

「まあ、これはひとまずここへ置いておこうか……」

と、紙屑などを置きっ放しにして数日が経つ——。

そんな様子はまったくなく、整頓されているという。

そういう部屋を保っているからこそ、他人の家へ行って、そこの整頓を乱すのが心苦しくなるのだろう。

気を遣うなと言われても、やはり気を遣ってしまうという言葉には重みがある。

「それだから、〝助、お前の家へ、今度、女房子供を連れて遊びに行くよ〟なんてことも言えたもんじゃあねえんだ……」

子供が助五郎の家の整頓を乱し、走り廻りでもすれば、相棒はもうそれだけで気を失ってしまうかもしれない。

相棒の不調は、源三の仕事に直《じか》に影を落すのだ。余計な真似は出来ないのである。

「うーむ……」

龍五郎は何も言えなくなってしまった。

これでは、助五郎に所帯を持ちたいと思わせるなどまず無理な話だ。

源三も、答えが出ないことは百も承知なのだが、いくら乗り心地がよい駕籠であっても、喋り易くて、一緒にいて楽しい駕籠舁きに客は流れるのではなかろうか。

女房子供がいるからどうというものではないが、いれば客との会話も弾むはずだ。

一見するとがたいが大きく、いかつく感じる駕籠舁きである。

女房子供の話をすれば、客も随分と心が和むであろうし、そういうところから信用は生まれるものだと源三は考えている。

助五郎は、駕籠舁きとしては申し分のない男である。

そこに人並みの和やかさがあれば尚好いのにと、残念でならないのである。

相棒に対する愚痴は、人には言うまいと思ってきたが、助五郎も三十を過ぎたのだ。

この辺りで皆の智恵を借りたいと打ち明けたのだが、自分で話せば話すほど、詮なきことと思えてきた。

こうなると、頼みの綱はただひとつ。お夏の一声である。

「婆ァ！　お前、黙ってねえで、何とか言いやがれ！」

　龍五郎がついに声をあげた。

「まったくうるさいねえ……」

　お夏は、やれやれといったいつもの仏頂面で板場から入れ込みにすっくと立つと、嘆息した。

「大の大人がこうして集まっているってえのに、居酒屋の婆ァに、何を言えというんだよう」

「そんなことはわかっているだろう。源三の相棒の頭の中が、どうやったら、もっと軟らかくなるのかってことじゃあねえか」

「そもそもどうして助さんが、軟らかくならなきゃあいけないのさ」

「そりゃあお前、客商売だからよ。今のままじゃあ、源三の方便に障りが出るかもしれねえじゃあねえか」

「そのうち、力士になったもう一人の息子が、大関になって食わせてくれるさ」

　先頃、長い間源三と生き別れになっていたのが、立派に力士になっていると知れた龍泉源兵衛《りゅうせんげんべえ》に想いを馳せて、お夏はからからと笑った。

「婆ァ、笑いごとじゃあねえぜ。龍泉源兵衛はまだ前相撲《まえずもう》だ。源三はまだまだ小せえ子供を養っていかなきゃあならねえんだよう」

「むつかしい話じゃあないだろう。助さんにはずうっと黙っててもらえばいいのさ。それで、客のあしらいは源さん一人でやればすむことじゃあないのかい？」

　お夏はこともなげに言った。

「やはり、そうするしかねえかなあ……」

　源三は力なく応えた。

「おれとしちゃあ、長年苦楽を共にしてきた相棒に、仕事の間は口を利くなとは、言いたかねえんだが」

「だが相棒は、誰かれなしにしち面倒くさいことを言っちまうんだろ。うちの店じゃあ、ただ黙って飯を食っているけどさ」

「この店で言うと、小母さんに叱られるからな」

「そんなら、仕事中は源さんが叱ってやればいいさ」

「相棒を叱りつけるってえのは、気が引けるよ……」

「だったら、相棒を代えるんだね」

「婆ァ！　源三は大事な相棒だから悩んでいるんじゃあねえか」

龍五郎が横合から口を出したが、

「夫婦だってそうだろ。文句があるなら別れりゃあいいんだよ。またすぐに好い相手が見つかるってもんさ。助さんだって同じだよ。放っときゃあ、そのうち好い女房が見つかるよ。人の巡り合わせってえのは捨てたもんじゃあないからねえ」

「婆ァはいつも他人ごとだな」

「当り前だよう。あたしにとっちゃあ、助さんは時折、昼を食べにきてくれる客。ただそれだけさ。だがあたしは、無駄を省くのが生き甲斐ってえのも、それはそれで立派な生き方だと思うがねえ。源さん、大事な相棒と思うなら、お前さんも助さんのことをもっと認めてやるんだね」

お夏は一息に言葉を吐き出すと、

「口入屋、何か言えというから言ったよ」

再び板場へと入ってしまった。

龍五郎は、口をもごもごとさせていたが、

「小母さんの言う通りだな。親方や皆が、おれの話に耳を貸してくれるからといって、おれが正しくて、奴が間違っているわけじゃあねえんだな」

源三は得心した。

どうせ答えが出るとは思っていなかったのだが、お夏の言葉を聞けば、少しは気が収まるのではないかと、それを期待していたのであった。

「話して気が楽になったよ。親方、皆、くだらねえ話をしてしまったよ。許しておくんなさいな……」

源三の声にも張りが戻ってきた。

お夏は素知らぬ顔で、清次と並んで板場に立っているが、やはりこのくそ婆ァの言葉には不思議な力がある。

三

居酒屋で助五郎の噂が出ていた頃。

当の本人は、いつもと変わらず自分で竈《かまど》に火をおこし飯を炊き、七輪で魚を焼いて一人の夕餉を楽しんでいた。

――一人でいるほど気楽なものはない。

美味そうに焼き上がっていく魚を見ながら、助五郎はつくづくと思うのだ。

源三が助五郎を理解出来ないのと同じく、助五郎も相棒のすることが、どうも理解出来ない。

――源三ほど、無駄を重ねている男はいねえや。

女房子供のために働くのが、源三の生き甲斐だという。

だが、そんな気持ちがいつまで続くというのだろう。

恋女房も、そのうちに婆ァさんになっていく。いくら仲がよくても他人と暮らしているのだ。あれこれ不満も互いにあるはずだ。

それを胸の内に呑み込んで暮らすなら、あまりに馬鹿げているではないか。

その仲を繋ぐのが子供らしい。

〝子は鎹《かすがい》〟と人は言う。

確かに幼い子は愛らしい。だがそれは、子犬や子猫がかわいいのと同じで、大きくなるにつれて、養ってきた親に口はばったいことを言うようになってくる。

子がいつか自分を養ってくれる、などと思っていたら大間違いだ。

子供もまた所帯を持つと、親に構ってなどいられなくなるものだ。

周りを見廻せば、子に泣かされた親がどれだけいることかしれない。

だが、若さがそれを予期する思慮を奪ってしまう。

女房が恋しい、子供がかわいいで、せっせと稼いだ金を、そこへ注ぎ込んでしまうのである。

源三は、その地獄にまっしぐらに突き進んでいるとしか言いようがない。

まだしも相棒は、女房のおくめがよく出来ているとかで、源三の男の付合いに口を出したりはしないらしい。

それゆえ源三は、何かというと仕事を終えてから、お夏の居酒屋に立ち寄って、一杯引っかけている。

「心のうさは酒場で晴らしてから家へ帰る……、それが何よりさ」

などと源三は、当り前のような顔をして言うが、そもそも心のうさなどは、恋女房と、かわいい子供の顔を見れば晴れるものではないのか。

外で一杯やって、家でも飯を食い、女房子供に心のうさを見られぬよう気を遣う。

——無駄が多すぎる。

源三は何という無駄な日々を過ごしているのかと、助五郎にはとにかく相棒のすることがわからないのである。

子供の立場から考えればどうであろう。親など余ほどの金持ち、物持ちなら話は別だが、いずれ邪魔になってくるものである。

助五郎は、父親も駕籠舁きであった。

威勢よく駕籠を舁く親父の姿は、恰好よく映ったが、母親は亭主に対して不満ばかり言い募る女であった。

そんな女房に気力を吸い取られてしまったのか、父親は早くに亡くなった。

幸いにも、助五郎は既に十五になっていて、父親以上の偉丈夫であったから、棒手振《ぼてふり》をして体を鍛え、やがて自分も駕籠舁きの道を歩んだ。

しかし、母親の父への不満は、すぐに息子に向けられるようになり、助五郎は、

「駕籠に乗せて、遠くの山へ捨てに行ってやろうと、何度思ったかしれねえぜ」

今でも母への恨みを口にするほど、苦労をさせられた。

源三の相棒になったのは、この面倒な母親が、流行病《はやりやまい》でころりと死んだ直後であった。

まだ世間ずれしていなかった頃は、自分もそのうち誰かと所帯を持つのだろうと思っていた助五郎であったが、この母親の存在が、

――女房など、もらうゆとりなんかねえや。

という気にさせていた。

そうして母親が死ぬと、

――子は親を選べねえんだ。おれの子が、おれをありがたがるかどうかはわからねえ。

自分も老いて、まともに働けなくなれば、子供に面倒をかけるだけだと、つくづくと思った。

――一人でいるのが何よりだ。気は楽だし、誰に面倒をかけることもねえんだ。

こうして助五郎の信条は、形成されていった。

独り身だと、老いた時に不安ではないか、と言う者もいる。

それなら、子にかかる銭を貯めておいて、それを自分のために使えばよい。

だとすると、楽に暮らす極意は、

「無駄を省くことだ」

と、彼は悟ったのだ。

相棒の源三は、

「お前の家の中はきれい過ぎて、上がるのがためらわれるぜ」

と、よく言う。

助五郎にはそれがよくわからない。

自分は別段、きれい好きではない。無駄を省いているだけなのだ。

物が多いと狭い家の中が動き辛い。暮らしに最低限必要という物であっても、乱雑に置いておくと邪魔になる。

何かの拍子に足で引っかけたりして倒すと、それを元に戻すのに手間がかかる。

独り身は、何もかも自分でこなさねばならないのだ。

少しでも手のかからないよう、日頃から気を付けるのが大事である。

そういう意味で、整頓を欠かさず、掃除も日頃からしておく方が、大掃除の煩わしさから逃れられる。

それなのに〝きれい過ぎて、上がるのがためらわれる〟とは、意味がわからない。

別段自分は、他人にも自分のやり方を強いるつもりはないし、強いたこともないのである。

人はどうして自分の尺度に他人をも合わせたがるのであろう。

源三は女房子供のために働く。

助五郎は自分のためにだけ働く。

それの何がおかしいのであろう。

変わり者だとか、理屈っぽいとか、人は助五郎を評するが、彼は仕事を怠けたりはしない。

酒に酔ってうるさくしたり、道を反吐《へど》で汚したりする奴の方が余ほど困りものなのに、世間の奴らは、

「そういう男は、かわいげがあって、どこか憎めない」

とでも言うのであろうか。おかしいではないか。

助五郎がそう言うと、男達は言い返すことが出来ない。

言い返せない相手を、世間では、

「理屈っぽい男」

と、呼ぶらしい。

――とにかく、おれのことは放っておいてくれ。

それが、助五郎の偽らざる気持ちであった。

「よし、好い具合に焼けた……」

助五郎は、好物の鰆《さわら》を火から外して、皿に載せた。

秋刀魚《さんま》も美味いが、これは少しばかり煙が出るのが、玉に瑕《きず》である。

七輪で焼いていると、狭い部屋が随分と煙ってしまうからだ。

既に飯も炊けた。

軽く一杯酒を飲んで、ゆっくりと食べようかと思った時、

「助さん、茄子をひとつどうだい？」

と、声がかかった。

声の主は、同じ長屋の住人で、梅太郎《うめたろう》という前栽《せんざい》売りである。

どうやら茄子がひとつ売れ残ったらしい。

「まだ七輪の火が残っているんだろう。こいつを焼いて食うとうめえぜ」

助五郎はむっとした。

さあ、これから飯にしようという時に、今から茄子を焼けというのであろうか。

そもそもこの梅太郎は、いつも声をかける間が悪いのだ。

「売れ残りを勧めるなら、他所を当ってくれねえか。おれは今から飯を食うんだ。茄子など焼いていられねえし、今日はそもそも茄子を食うつもりじゃあないんだ。食うつもりなら、朝お前に銭を渡しておいて、おれが食う分を残しておいてくれと頼んでいるさ」

と、にこりともせずに応えた。

「そうかい……。いや、ちょうどうまい茄子があるから、どうかと思ったんだが……。売れ残りには違《ちげ》えねえが、その分安くしておくよ……」

梅太郎はしどろもどろに言ったが、

「値の高い安いを言っているんじゃあねえや。食うつもりじゃあねえってことは、おれの舌も胃の腑も、茄子を迎え入れる心づもりができてねえってことだ。他を当ってくんな」

助五郎は、淡々として続けた。

「わかったよう。邪魔をしちまったねえ……」

梅太郎は、逃げるように立ち去った。

その様子を、路地木戸の陰から源三が見ていた。

源三の住む長屋は、ここからほど近い、太鼓橋の西南にある。助五郎が住む裏店《うらだな》とは通りを隔てたところだ。

この日は、お夏の居酒屋に立ち寄った源三であったが、相棒についての不平を口にしたので、どうも居心地が悪く、早々に店を出て帰ってきたのだ。

それで、ちょっとばかり助五郎が気になって、覗いてみようと思えばこれである。

日頃から、あの前栽売りについては、

「間の悪い野郎だ」

と、助五郎は話していたが、

――もう少し、断りようがあるってもんだぜ。

あれでは、助五郎に話しかけようという女などいるはずもない。

源三は、助五郎に一声かけてから帰ろうと思ったが、今日のところは何も言わずにおこうと踵《きびす》を返した。

すると、長屋の路地から、

「助さん、今のはあんまりよ」

という女の声がしたのである。

四

その女は、一月《ひとつき》ほど前に、助五郎と同じ長屋に家移りをした、おようであった。歳は三十前。助五郎とは幼馴染である。

そもそも、助五郎は下目黒町に住んでいたのだが、二親が死んでから、この長屋に移った。

おようは下目黒町にいた頃の幼馴染であり、十八で彼女が嫁いでからは、顔を合わすこともなくなった。

ところが、おようは芝の横新町《よこしんまち》の足袋職人の女房となって、五年足らずで亭主と死に別れてしまった。

その時、同じ足袋職人であった父親はまだ健在で、おようは芝を出て目黒に戻ってきた。

その父親も半年ほど前に死に、彼女もそれを機に家移りをしたところ、かつての幼馴染である助五郎とここで再会したのだ。

源三は、そういえば助五郎の口から、おようについて聞かされた覚えがあった。

だがその時の様子では、

「嫁いだはいいが、五年足らずで亭主に死に別れて出戻ってくるとは、ついてねえ女もいるもんだなあ」

と、おようの境遇を気の毒がりつつも、

「がきの頃は目立たねえ奴だったが、大人になってからは小うるさくなりやがった。何だかお袋を思い出しちまうぜ」

苦々しい顔をしていたから、その話さえもすっかり忘れていた。それが今、

「何でえ、およう坊……」

と、助五郎が応えたのを聞いて思い出したのである。

「今のはあんまりって？」

助五郎は、無愛想に訊いた。

「梅太郎さんに対して、ちょっと言葉が過ぎるんじゃあないの」

おようは、助五郎を窘めた。

「あいつは間が悪いんだよ。これから飯を食おうって時に、残り物を売りつけようとしやがってよう」

「これから食べようって時だから、声をかけたのでしょ」

「それが間が悪いってえんだよう。すぐに茄子が焼けるかってんだ」

「ゆっくり食べている間に焼けばいいでしょ。助さんは料理が手慣れているから、梅さんも勧めたのよ」

「いや、あいつはただ、茄子を売り切ってしまいたかっただけなのさ」

「そのかわり、安くしておくと言ってくれたんでしょ」

「およう坊もあいつに残り物を買わされているのかい、まったく困った奴だぜ」

「こんな時は、売れ残ったのかい、そいつは気の毒だなあ、おれがひとつもらうよ、なんて言えないのかねえ」

「あいつには言えねえなあ」

「駕籠を舁いていて、〝旦那、今日はさっぱりなんで、人助けのつもりで乗ってやってくれませんかねえ〟なんて言うこともあるでしょ」

「まあ、そりゃあ……」

「そんな時に乗ってくれたら嬉しいでしょ。だから、つべこべ言わずに、ひとつくらい買ってあげたらいいのよ」

「駕籠と茄子を一緒にするんじゃあねえや」

「気持ちは同じだって言っているのよ。これから食べようという時に、余計なことを言って悪かったわね。どうぞ、召し上がれ」

おようは、言いたいことを言い切って、すたすたと自分の家へと去っていった。

助五郎は、いつもの理詰めで相手を制することが出来ず、

「ふん、死んだ亭主も、毎日大変だったんだろうな」

忌々しそうに言うと、夕餉をとり始めたのであった。

源三は、えも言われぬ清々しさを覚えていた。

今の話しようを見ると、助五郎はおようと子供の頃は仲がよかったのであろう。

この長屋で再び顔を見合わせるようになって、まだ間なしのはずだが、誰もが言い争いたくない助五郎相手に、あれだけぽんぽんと言葉が出るのだ。ある程度の心安さがなければああはいくまい。

源三は、闇の中に一条の光明を見出したような気になり、足取りも軽く、恋女房

とかわいい子供のいる我が家へと帰ったのである。

五

翌朝。

源三は、稼ぎに出る前に、お夏の居酒屋へ行って朝飯を食べた。

お夏は、いつも朝から店を開けているわけではないが、飯を炊き過ぎた時は、朝《あさ》粥《がゆ》にして客に食べさせるし、

「今朝はやたらと早く目が覚めちまってねえ」

という日は、客を入れる。

この日は、前日から朝粥を炊くと宣言していたので、ちらほらと客が来ていたのだが、源三は一番乗りを果した。

「おや、珍しいねえ……」

日頃は、朝飯は必ず家で食べると決めている源三の登場に、お夏は少し睨むように見た。

「何か企んでいるね……」

お夏は、常連客が揃っていない頃合を見計らって、源三が何か自分に相談をしに来たのに違いないと看破していた。

「へへへ、大したことじゃあねえんだが……」

源三が、何を伝えたいのかは言うまでもない。

およういう女の俄な登場についてである。

一度話に聞いていたが、このところ、助五郎が住む長屋を訪ねていなかったので、その人となりもわからず、気にも留めていなかった。

しかし、昨日見た限りでは、あのおようがこの世でただ一人、

「小母さんの他に、助にずけずけと物を言える女だとわかったんだよ」

と、源三は告げた。

「あたしはとりたてて、助さんにずけずけ物を言ったことなんてないよ」

お夏は苦笑いを浮かべつつ、

「それで源さんは、そのおようさんを、助さんの相手にどうかと思っているのかい」

「まあ、そういうことさ」

「言っちゃあなんだが、その女《ひと》は、一度嫁に行っているんだろ？　いくら幼馴染で心安い相手でも、あの助さんが、一緒になりたいと思うのかねえ」

「そいつはわからねえが、今のところ、助と言葉で渡り合えるのは、おようさんしかいねえんだから、まず頼るしかあるめえ」

　おようは、ふくよかで目はぱっちりとしていて、縹緻《きりよう》も悪くはない。

　今は、綿摘みといって、塗り桶で綿を延ばし、小袖に入れる綿や、綿帽子などを作る内職をして暮らしている。

　出戻ってはいるが、子はない。助五郎が女房に稼ぎを注ぎ込むのは馬鹿らしい、大きな無駄と思っているのなら、およう は自分一人食べていくだけの稼ぎはある。

「まあ、助さんが相手に不足を言えたもんじゃあないが、それを言ってしまうのが助さんだからねえ」

　お夏は小首を傾《かし》げつつ、

「言っておくけど、あたしは何もできないからね」

　と、釘を刺した。

　お夏は、助五郎が嫁をもらおうがもらうまいが、どちらでもよいではないかと思っていた。

不動の龍五郎が言うように、しっかり者の女房と一緒になれば、助五郎も少しは人交わりの出来る男になるかもしれない。

しかし、独りで生きていく覚悟を決めて、あらゆる無駄を省いて暮らす助五郎に、お節介を焼くのは、それこそ無駄ではないか。

料理人の清次とて独り身だが、それについては誰も不思議とも思わないし、

「そろそろ身を固めたらどうだい？」

などと口を挟んでくる者は一人もいない。

つくづくおかしな世の中だと、お夏は思うのだ。

それでも、日々共に駕籠を舁いて方々を走る源三にとって、相棒への想いは格別のものなのであろう。それはわかる。

「まあ、何が起きるか、ちょいと楽しみにしておくよ」

と、付け足しておいた。

「わかっているよ。小母さんに、何をしてくれとは言わねえや。ただ、助にはおようという幼馴染がいて、これがどういうわけか同じ長屋に住んでいて、ずけずけと

物が言える……。そんな様子だけ、知っておいてもらいたいのさ」

源三は楽しそうに言い置くと、さっさと朝粥を食べて店を出たのであった。

「清さん……、どうも近頃は、客にあれこれと見透かされちまっているねえ」

お夏はふっと笑って、清次を見た。

「へい。一所に長くいると、そいつは避けられませんや」

清次は溜息交じりに応えた。

この居酒屋では、客の過去や日常については、無闇に問わないのが暗黙の決めごととなっていた。

長く店に出入りしていればいずれわかる日がくるはずだ。時の移ろいに任せようではないか――。

お夏と清次は、その上でさりげなく客達にお節介を焼いてきた。

しかし、お夏と清次の人となりが客に知れてくると、客達も二人のお節介を期待するようになってくる。

とりたてて、何もしてくれなくともよいのだが、〝いずれわかるだろう〟という間が煩わしくなってきて、今の源三のように、

「これから何かが起こりそうだから、心して見ていておくれ。その上で何か起こった時は、力になってもらいたい」

そんな想いを込めつつ、いきなり申告してくる者が増えてきたようだ。

どうせ何か力を貸してくれるであろう。

そこを見透かされていると、お夏は言うのだ。

「おようさんというのは、どんな人なんでしょうねえ……」

清次は、お夏の想いに同意しつつ、話に聞く理詰めの助五郎にずけずけと物を言うおように興をそそられていた。

「それによっちゃあ、ちょいとばかり、骨を折ってやらねえといけねえかもしれませんねえ……」

ニヤリと笑う清次に、

「そうだろう。だから困っちまうんだよねえ」

お夏は溜息をついた。

源三の話では、おようの物言いは、決してお夏のような怒気を含んだものではなく、諭すように淡々と理を説くらしい。

お夏の想像では、お節介な女ではなく、正義感が強い女であるような気がする。

かといって、誰にでも説教をするような気性でもなく、助五郎が幼馴染であるゆえに、放っておけなかったのではなかろうか。

そんな風に想いを馳せると、困ったことにお夏もおようという女に興をそそられて、仕方なくなってくるのであった。


源三は、お夏の店を出ると、助五郎の住む裏店へと走った。

久しぶりに助五郎の家に顔を出し、一緒に駕籠屋に出ようと思ったのだが、その前に、おようの家を訪ねるつもりであった。

木戸から入ってすぐの一軒が、おようの住まいであるのは、既に確かめていた。

源三にとっては、助五郎の家の前を通ることなく訪ねられるのでありがたかった。

〝綿〟と書かれた小さな木札が、軒にぶら下げられている家の戸は開け放たれていた。

土間を上がったところの一間で、おようは既に綿摘みを始めていた。

まず、そっと覗いてみると、部屋の内はきれいに片付いていた。

助五郎の家に負けず劣らずの清潔さであった。

——こいつは幸先が好いや。

女も独りとなれば、自分だけがよければいいので、乱雑になりがちだが、そういう女を助五郎はまず受け付けまい。

「もし……、おようさんですね。お初にお目にかかります。あっしは……」

源三が、やや緊張しながら声をかけると、

「源三さんですね」

およう は、名乗りをあげるまでもなく、源三の名を告げた。

源三が目を丸くすると、

「助さんの駕籠を何度も目にしていますから、いつの間にか覚えてしまいました」

およう は恥ずかしそうに言った。

「そうでやすか。助からお前さんの話を聞いたので、一度、声をかけておこうと思いましてね」

「助さんがわたしの話を？　ふふふ、どうせ小うるさい女だと言っていたのでしょうね」

昨日の茄子の一件があるだけに、おようも少しばかり気になっていたのかもしれない。

「昔はあんな風じゃあなかったので、つい見咎《みとが》めてしまうのですよ」

「よくわかりますよ。おれは奴が相棒で、いつもはらはらしているから……」

「大変でしょうねえ。あんな変わり者と一緒に働いていると」

「だが、あいつは悪い男じゃあねえんだ。がきの頃の苦労が、そんな風に変えちまった」

「そうなんでしょうねえ」

「だから、奴を見捨てねえでいてやっておくんなさい。助五郎に物を言えるのは、おれとお前さんだけだからねえ」

「わかりました。とはいっても、わたしもあんまり誉められたものじゃあないので。役に立つかどうか……」

「いや、昨日、茄子のことで助五郎を叱っていたお前さんは立派でしたよ」

「え？　見ていたのですか？　ふふふ、お恥ずかしい限りです。放っとけばいいのに、ついあんな口を利いてしまって……」

およらは、自分も間の悪い女で、それでいて曲がったことが嫌いで、変わり者だとか、面倒な女だと人からは思われている。だから、助五郎の気持ちがよくわかるのだと、顔を赤らめた。

――なるほど、想いの外、世渡り下手なんだな。

源三は、こういう不器用な女の方が、助五郎も得意の理詰めがし辛く、信じられるのではないかと思った。

この女に肩入れして、彼女の口から、助五郎の凝り固まった心をほぐしてもらうのが何よりだと思った。

「お前さん、酒は飲むのかい?」

「少しくらいなら。でも、わざわざお酒を買ってきて家で飲もうとは思いませんねえ」

「だったら、女一人でも気軽に飲めて、忙しい時は、十文で菜を詰めてくれる店が、行人坂を上ったところにあるから、お行きなせえ」

「それは、お夏さんというおっかない女将さんのいる?」

「よく知っているねえ」

「人が話しているのを聞いたんですが、わたしなんかが行って大丈夫なんですか」

「大丈夫だよ。助五郎の幼馴染と言えば、大事にしてくれるよ。あの店に行きゃあ元気になる。元気になって、助五郎の野郎を、とっちめてやっておくんなさい」

源三が頰笑むと、おようは女一人で暮らす、あらゆる屈託から解き放たれたように、にこりと頰笑みを返した。

「そんなら、おれは奴を迎えに行くよ。今の話は、奴には内緒にしてくんない」

源三は、およう に頷くと、上機嫌で助五郎の家へと行った。

助五郎は、件のお気に入りの〝焼飯〟を今しも食べ終えたところで、俄な相棒の迎えにどきッとして、源三をまじまじと見た。

「そんなに驚くこたあねえだろ。今日はちょいと早く目が覚めたんで、たまにはお前を迎えに行こうかと思ってよう」

「そうかい、ちょうどおれも出ようと思っていたところだが、何か話でもあったかい？」

「何か話がなきゃあ、相棒の家を覗いちゃあいけねえかい？」

「いや、そんなこたあねえが、お前が何やら好い機嫌だからよう」

「お前がいつもむつかしい顔をしているから、せめて後棒のおれが愛想よくしなけりゃならねえと思ったまでよ」

「おれは駕籠を舁いている間は喋らねえことにしたから案じることたあねえよ」

助五郎は、客に対して余計なことを口走るのを責められるのなら、客との会話はすべて源三に任せて、自分はただひたすら駕籠を担げば好いと遂に達観したらしい。

源三は、客と喋るのも無駄としてしまった助五郎に辟易《へきえき》したが、

──相棒の頑なさは、おれがほぐしてやる。

という闘志が湧いてきた。

およそがそのための頼もしい助っ人となってくれるはずだ。

その希望が、源三の心を高揚させていたのだ。

だが、同時に、助五郎が先ほど、朝飯に食べていた物が気になっていた。

源三が訪ねた時には、ほぼ食べ終えていたのでよくわからなかったが、助五郎は鉄鍋を杓子でかき回していたように見えた。

雑炊でも拵えたのかと思ったが、鉄鍋からかすかな胡麻油の香りと共に香ばしい匂いがしていた。

助五郎は、源三の顔を見るや、さっさと鍋を片付けてしまったので、あまり人に知られたくない料理を拵えていたのかもしれない。

どうもそれが気になったが、あれこれ訊ねて、朝からへそを曲げられても困る。

それには触れずに、

「客との話はおれに任せておきな。お前は何かあったらにこっと頷いていりゃあいいさ」

「おもしろくもねえのににこっとできるかよう」

「そんなら、大きくゆっくり頷きゃあいい」

「なるほど。それならわかったよ」

助五郎は、大きくゆっくりと頷いてみせた。

「それでよし。相棒、頼りにしているぜ」

そのうち必ず、にこりと頷けるようにしてやる。次は楽しく話せるようにしてやる——。

源三は、気持ちを奮い立たせ、相棒を促して長屋を出た。

木戸の手前で、

「行ってらっしゃい……」

おようが家の中から声をかけた。

助五郎は、大きくゆっくり頷くと、源三の後に続いた。

六

それから、源三の思惑通り、おようは時折、菜を求めてお夏の居酒屋へ来るようになった。

既に源三から話を聞いていたので、お夏は会ったことがなくても、一目見ておようだとわかった。

いつもなら、ぶっきらぼうな態度に人情味を滲《にじ》ませて、初めての客を迎えるお夏であるが、おようもまた助五郎に似て、人交わりが苦手に思えたので、

「うちの店に菜を求めてくるなんて、誰かに聞いてきたとか……?」

まず話をふってやった。おようが応えると、

「ああ、源さんかい。そういやあ言っていたねえ。気難しい相棒に、ずけずけと言

いたいことを言う綿摘みの姉さんがいると」

そうして、およりの緊張を解いてやったから、すぐにおようも居酒屋に馴染んだのである。

「小母さん、すまないねえ……」

源三は、およりと助五郎に何か動きがあると、その度にお夏に報告した。

「うちは菜を売るだけだけどさあ、おようさんも、とんだとばっちりじゃあないのかい」

お夏は気が気でなかった。

源三は、幼馴染の誼《よしみ》で、おように助五郎へあれこれ忠告してやってくれと頼んだようだ。しかしお夏の見たところでは、およりはお節介焼きではないが、正義感と潔癖性が身にこびりついていて、頼まれると嫌とは言えない性分らしい。

それで勇気を振り絞って助五郎を諭しているのだろうが、余裕のない真っ直ぐな諭しは、かえって相手を怒らせるものだ。

源三は、あわよくば助五郎がおようと一緒になってくれないかと考えているようだが、

「ただ大喧嘩になって終るんじゃあないのかねえ」

とお夏は思った。それでも清次は、

「人はどう転ぶかわかりませんから……」

と、言う。

「源さんも、なかなか上手く巻き込んでくれるじゃあないか」

知らぬ顔を装いつつ、お夏の目は自ずと助五郎とおように向いていた。

とはいえお夏が睨んだ通り、源三の思うようにことは進まなかった。

源三のおようの家への訪問は、確かにおようの助五郎への情を刺激した。

だがそれは恋情ではなく、子供の頃によく遊び、幼い頃から体格に恵まれていた助五郎に、苛めっ子達から守ってもらった恩義というものであった。

およう は、長屋で再会してから、助五郎が未だ独り身で人に心を開かない様子がずっと気になっていた。

先日は、前栽屋の梅太郎への対応が、あまりにも非情であったから、ついそれを窘めたのだが、彼の相棒である源三も助五郎の身を案じていると知れた。

こうなると放っておけなくなり、おようは時折、助五郎の家を覗くようになった。

おようとて、人交わりが苦手で、人見知りなのだが、助五郎に対しては、子供の頃の付合いがあるので、声はかけられる。

しかし助五郎は、あれから梅太郎と言葉を交わすこともなく、ますます孤高を貫かんとするので、およう も、特に窘めることがない。助五郎はというとおようの巡回が煩わしく、

「何か用かい？　おれに何か小言を言いたいのなら、十日に一度、まとめて言ってくんな。この歳になるとなかなか性分は直らねえ。毎日のように粗さがしをするのも、お互い疲れるからなあ」

ある朝、別段話題もないのに助五郎の家を覗いたおようを捉まえて、いつもの理屈っぽい言葉を浴びせた。

およう は頭にきたが、助五郎には非がなく、

「人の気遣いを粗さがしなんて言うあんたに用はないけど、言いたいことは山ほどあるから、そんなら十日後にね」

そう言い返して家へ戻った。

すると、その三日後に、長屋の住人達総出で、溝板を敷き替える行事があった。

意外や助五郎は面倒がらず、溝の長さと溝板一枚の長さを計算して、さっと長屋の住人達の割り当てを決めた。

闇雲に作業に当るのではなく、手先の器用な者、力のある者、女、子供、老人の役割分担をも決めて、

「皆が仕事の手を止めてするんだ。だらだらせずに早いとこ、無駄なくすませてしまおうぜ」

と言って、自らが先頭に立ち、あっという間に終えてしまった。

その際、助五郎はおように、

「お前は、歪みがねえか見ていてくれるだけでいいよ」

と、ぶっきらぼうに言って、おようの分もしてくれた。

「お前は、こういうのは不得手だろうし、代わりにしてくれる者もいねえからな」

素っ気ない口調だが、おようはそこに助五郎の温かみを覚えて、

「それはすみませんねえ。助さんに言いたいことが何だったか忘れてしまいましたよ」

と、礼を言ったのだが、

「気にするこたあねえよ。お前が仕事に加わる方が、手間がかかるんでね」
助五郎はにべもない。
「何だい。礼を言って損をしたよ！」
そのまま黙っておけばよいものを、いちいち憎まれ口を叩く。
まったく何を考えているかわからない。
一方、段取りよく無駄のない普請が出来たので、助五郎は珍しく上機嫌であった。
——見ろ、おれの言う通りにすれば、何ごともうまくいくのだ。
してやったりの感情に浸り、助五郎は満足であった。
——だが、おようの奴、いつもしけた面をしているのに喜ぶこともあるんだな。
そういえば、幼い頃おようはよく苛められて泣いていた。
悪さをする奴が許せなくて、それを叱りつけて叩かれたりしていたような気がする。
見なければ文句も口から出ないが、何故かその場に居合わせてしまう。
およはそういう間の悪さを持ち合わせていた。
めそめそしている者を見るのが嫌いであったから、助五郎は苛める奴を捕まえて、

「泣かすんじゃあねえや！　こっちまでくさくさするだろうが！」

と、怒ったものだ。

その時も、およようは助けてくれたとありがたがったが、助五郎にしてみれば自分の気分を乱されたくなかっただけなのだ。

思えばあの頃から、助五郎とおようの心のすれ違いは変わっていなかったわけだが、

「助けてくれてありがとう……」

と、涙を拭きながら、助五郎を上目遣いに見た、幼い頃のおようの面影が蘇ってきて、溝板替えの成功で悦に入る彼の心を乱した。

――どうも間の悪い女だぜ。

そう思いながらも、助五郎は、今までにない不思議な心地よさを覚えていたのである。

七

——まったく、何を考えているのかわからない。

変わり者、偏屈、万年やもめ……。何と言い表せばいいかわからない助五郎に、およう は日々困惑していた。

幼馴染の誼で、今のままでは人から相手にされず、相棒の源三が気の毒だと思い、あれこれ気がついた時は忠告してきた。

だが、結局この幼馴染は、一別以来自分さえよければよいという感情そのままに生きてきたらしい。

源三には申し訳ないが、こんな男に関わるのはやめておこうと思ったものの、どうもすっきりとしない。

たとえ自分の満足のためとはいえ、今日の溝板替えでは、助五郎のお蔭で随分と助かった。

女一人の暮らしで、綿摘み以外に能のない身であるから、手伝っても足を引っ張るのがよいところである。

それが、助五郎の仕切りによって楽にこなせたのはありがたかった。

「お前が仕事に加わる方が、手間がかかるんでね……」

という憎たらしい言葉を平気で言うのも、よくよく考えてみれば、それも助五郎の照れ隠しなのかもしれないし、恩恵を受けたのは事実なのだ。

子供の頃の恩もある。

いや、しかし子供の頃に助けてくれたのも、困っているおようを見て義憤にかられたというより、自分の機嫌で苛めっ子に制裁を下しただけだったのかもしれない。

許せない男。憎み切れない男。この二つの感情が、おようの頭の中で行ったり来たりするのであった。

溝板替えは楽にすんだが、およう は心が千々に乱れ、すっかりと疲れてしまった。

助五郎は、意気揚々と稼ぎに出かけていったというのに、綿摘みの方はなかなかはかどらなかった。

こんな時は、夕餉はお夏の居酒屋で何か菜を買って、すませてしまおう。

あの女将を見ていると、何やら力が湧いてくるような気がする。

助五郎の相棒のおとない以来、騒ぎに巻き込まれてしまった感があったが、お夏の居酒屋を勧めてくれたのはありがたかった。

安くて美味い菜を買えるようになった上に、荒くれの男達が恐れる女将と顔見知りになれたのは源三のお蔭であった。

源三は男らしくてやさしそうだ。そんな相棒が助五郎を見捨てずに、そっとお節介を焼いているところを見ると、助五郎にも人としての魅力があるのだろう。

源三のお蔭ということは、助五郎のお蔭ということである。

幼馴染とはいえ、大人になってからはほとんど口を利かなかったし、亭主に死に別れて、父親も死んで、今の長屋に移ってきて再会してからは日も浅い。

まず近所にいるのだから、そのうち助五郎の人となりも知れてくるだろう。

ご近所付合いと思えばよい。

想いはまたそこに行き着き、おようは雑念を払拭せんとして、太鼓橋を渡り行人坂を上った。

坂を夕闇が覆うまでには少し間があった。

居酒屋の縄暖簾を潜ると、ほとんど客はいなかった。

「いらっしゃい。よかったら味見をするかい?」

おようの顔を見るや、お夏が言った。

「味見?」

「〃焼飯〃を拵えてみようと思ってね」

二日前であったか。

源三が店に来た時、

「助五郎の奴、朝からおかしな物を拵えて、食ってやがるんだよ」

と、助五郎特製の〃焼飯〃について、お夏と清次にそっと語ったという。

以前から源三は、助五郎が何か妙なものを鉄鍋で拵えているのに気付いていた。

助五郎の様子を見ると、そのことを知られたくないようなので、知らぬふりをしていたが、興をそそられて、そっと窺うといきなり冷や飯を油をひいた鉄鍋に放り込んでいる。

そして、塩、醤油で味を付け、そこへ梅干を入れて杓子でほぐし、香ばしく炒めて杓子で食べ始めた。

「まあ、つまり、焼きおにぎりを拵えるのが面倒だから、冷や飯をそのまま鍋で焼いちまっているわけだが、これなら鉢も洗わなくてすむってもんだ。どこまで無駄が嫌いなんだろうねえ」

源三は、その〃焼飯〃には、まったく魅力を感じなかったようで、

「やっぱり奴は変わっているよ」

と、溜息交じりに言って、

「おようさんに、余計な手間をかけさせたかもしれねえや……」

先走ったようだと気に病んでいたという。

「はあ……、助さん、そんなものを拵えているんですか」

およう は渋い表情を浮かべた。

「まあ、妙ちきりんな料理だけどさ。鉄鍋に薄く油をひいて、そこに冷や飯を放り込んで、塩と醤油で味をつけるってのも、ひょっとするとおいしいかもしれないと思ってね」

「それで、清さんが拵えてみようと……？」

およう は、お夏も物好きだと失笑した。

「何ごともやってみないとわからないさ」

お夏がニヤリと笑う横で、清次が油をひいた鉄鍋に冷や飯を茶碗一膳分放り込み、源三から聞いた通りに拵えてみた。

たちまち香ばしい香りが立ちこめたが、清次の腕をもってしても、釜底のおこげを茶碗に盛っただけに映る。

さすがの清次も苦笑いでお夏を見た。

「あっしの腕じゃあ、こんなものでさあ」

「おようさん、ちょいと食べてみるかい?」

お夏に問われて、おようは思わず首を振った。

「せっかくお菜を買いにきましたから」

怪しげな助五郎の料理など食べずとも、清次の料理を持ち帰ってゆったりと食べたかった。

「そりゃあ、そうだねえ」

お夏はそれ以上勧めずに、すぐにおようのために菜を詰めて渡した。

「やもめの助さんは、こんなものを拵えて食べているってことさ。おかしな男だね」

おようは小さく笑って、菜を詰めてもらった小さな重箱を手に、居酒屋を出たのだが、お夏に何かを課されたような気がした。

「〝焼飯〟だなんてね」

そして、無駄を省いて悦に入っている助五郎がいかにも子供っぽく、哀れに思えてならなかったのである。

お夏と清次は、およう の後ろ姿を見送りながら、出来上がった〝焼飯〟を一口箸でつまんで食べてみた。

「清さん、これはまた乙なもんだねえ」

「へい。味は悪くありませんねえ」

「うん、これはいけるよ」

「いけますねえ……」

ぱらぱらに焼けた飯を食べると、何故か笑いがこみあげてきた。

八

それからほどなくして、源三と助五郎の駕籠が、居酒屋の前を通った。

いつもこの時分になると、二人は行人坂を下って、親方へ駕籠を返しに行くのが日課になっているのだ。

この日は、お夏がそれを呼び止めて、

「源さん、この前教えてくれた〝焼飯〟、拵えてみたよ。助さん、お前さんおもしろいことをするねえ」

と、いきなり清次が件の〝焼飯〟を拵えてみた話をしたものだ。

「おいおい小母さん……」

源三はしかめっ面をしたが、

「言っちゃあいけなかったかい？」

お夏はずけずけと言った。

「〝焼飯〟だって……？　おい相棒、お前、覗き見ていたのかい？　それで人を笑いものにするとは、ひでえじゃあねえか」

助五郎は口を尖らせた。

「怒るんじゃあないよ。あんなものを毎日のように拵えていたら、そのうちわかるってものさ」

「まあ、そりゃあそうだが……」

「源さんは、おいしそうだったから、そっとあたしに教えてくれたんだよ。そもそも、こっそり拵えていたわけでもないんだろう」

「そうなのかい……？」

お夏に言葉を返されると、助五郎の勢いはたちまちしぼんだ。

源三は、お夏の言葉には何か意味があるのだろうと解して、

「お前に言っても、拵えてくれねえと思って、小母さんと清さんに、一度拵えてくれねえかと頼んだのさ」

と、その場を取り繕った。

「言われりゃあ拵えたさ」

助五郎は照れくさそうに応えた。

お夏の前では、いかなる理屈も通らないと、達観しているのだ。

「そんなら、今度拵えてくんな。小母さん、清さん、それでうまかったのかい」

源三が問うた。

「ああ、なかなかおいしかったよ」

「少し油をひくのが香ばしくていいねえ」

お夏に続いて清次が言った。

「そうだろう。うめえだろう。いちいち握り飯にしなくったって、鉄鍋に放り込みゃあいいのさ」

助五郎は得意気に言った。

「だが、店で出せる代物じゃあないね」

お夏はゆっくりと頭を振った。

「料理ってえのは、ひと手間をかけるところが大事なのさ。どんなに素っ気なく渡されたって、焼きおにぎりには拵えた者の情が籠っていて、何だか好い気分になるのさ。腹の中に入ってしまえば、皆同じだけど、心地よく食べたものは、どれも身になる。あたしはそう思っているからねえ。確かに、助さんの〝焼飯〟は手間要らずで、その分安くして出したっていいのかもしれないが、これを出す時は、〝手間要らずの焼きおにぎり〟じゃあなくて、また別物の料理として考えてみるよ」

にこやかに語るお夏の横で、清次が相槌を打った。

「なるほど、うまい〝焼飯〟ができたら、まずおれに食わせておくれよ」

助五郎はそう応えたものの、お夏の言うことがよくわからぬまま、その日の仕事を終えた。

「助、たまにはおれの家で飯を食っていけよ」

源三は、久しぶりに誘った。

どことなく助五郎の表情に、子供のようなあどけなさが浮かんだからだ。

「またそのうちに行くよ」

それでも助五郎は、いつものように己が家へと帰って、飯を炊き、豆腐の味噌汁と、鰯《いわし》の目刺し、大根の漬物でさっとすませた。

——腹の中に入ってしまえば、皆同じだけど、心地よく食べたものは、どれも身になる、か。

お夏の言葉がやけに思い出された。

——おれだって心地よく食べているさ。

自分にとっての心地よさは、無駄なく楽に食べられることなのだ。

わざわざ呼び止めて、自分の〝焼飯〟にけちをつけるなど大きなお世話だし、源三もそっと見ていないで、

「おう、うまそうなものを拵えているじゃあねえか。ちょいと食わせてくれよ」

くらい言えばよいではないか。

だが、味は悪くないが〝手間要らずの焼きおにぎり〟というのでは、店では出せない。

握り飯にするひと手間が大事だと言われると、それがどうも心に引っかかる。

夕餉の飯を翌朝に焼いて食べるだけのことで、誰に食わせるわけでなく、これもひとつの倹約である。

朝起きたら、いつものように〝焼飯〟を拵えよう。居酒屋の献立に加えてくれと頼んだ覚えもないのだ。

放っておいてくれと、助五郎は冷や酒を呷《あお》ってそのまま眠ってしまった。

ところが、目が覚めて体の汗を拭き、いざ〝焼飯〟を拵えようとすると、不思議とお夏の言葉が胸に突き刺さって、作る気力が湧かなかった。

「くそ婆ァの言うことなど、うっちゃっておけばいいさ」

そう切り捨ててしまえばよいはずである。

しかし、お夏の言葉は、ただの憎まれ口ではない、心に絡みつくものがある。

その魔力のような呪縛が、彼を動けなくさせていたのだ。

――いっそ、稼ぎに出るのもやめてやろうか。

ふてくされた想いが頭を過《よぎ》った時、

「助さん、いるかい？」

と、表から声がした。

「何でい、およう坊か……」

声の主はおようであった。

「入るわよ……」

がらっと戸が開くと、おようの手には皿があり、ほどよい大きさの焼きおにぎりが二つ載っていた。

「これ、溝板替えのお礼」

おようは皿を上がり框《かまち》に置いた。

助五郎は、きょとんとして、

「何でえ、これは？」

「見たらわかるでしょ。お結びを焼いたのよ」

「いや、そいつはわかるが……」

「居酒屋の女将さんに聞いたわよ。助さん、怪しげな〝焼飯〟を毎朝拵えているんですって」

「小母さんが、怪しげだって？」

「いいえ、店へ行ったらちょうど清さんが拵えていて、女将さんは、〝ひょっとするとおいしいかもしれない〟って言っていたけど、わたしはできあがったのを見て、随分と怪しいものを食べているんだなと思ったわよ。あれは、お釜の底にこびりついているおこげを集めたみたいなものじゃない」

「うるせえや。食ってみたのかよ」

「味見を勧められたけど、食べたくもなかったわよ。〝焼飯〟というのは、こういうものよ。でも、お鍋に油をちょっとひいておくってのは、好いわね。網に油を塗ってから焼いたら、焼きやすかったわ」

「〝焼飯〟が、こんなものと誰が決めたんだよう」

「今まで生きてきた人が決めたのよ。持ち歩くのに傷みにくい。食べやすい……。見ためも好いでしょ。だからこれで好いのよ。冷や飯の残ったのを使って、おもしろいものを拵えてやろうと思ったのかもしれないけど、あんたはそこが捻じ曲がっているんですよ」

およう は、体から声を振り絞るようにして、淡々と助五郎に言うと、

「とにかく、これで溝板のお返しはしたからね。お皿は後で引き取りにくるから、洗わないでいいわ。鉄鍋のまま、杓子ですくって食べるなんてことはしない方が好いわよ」

おようは、言ってやった、いい気味だと、助五郎に物を言わせず戸を閉めると、自分の家へと戻っていった。

助五郎は、呆気にとられたが、

――あいつもよく喋りやがる。誰がこんなものを拵えてくれと頼んだんだよう。

しばし彼は皿の上の焼きおにぎりを見つめていたが、

――手前《てめえ》の料理自慢かよ。まあいいや、食べねえともったいねえからな。

やがてそれを手にとって、一口かじった。

網に油を塗って焼いたので香ばしかった。握り飯を網で焼いて醤油を落しただけのものであったが、

――うん、悪かねえな。

素直に美味いと言えないのが、いかにも助五郎らしい。

もう一口かじると、お夏の顔が浮かんだ。

「どんなに素っ気なく渡されたって、焼きおにぎりには拵えた者の情が籠っていて、何だか好い気分になるのさ」

お夏は、勝ち誇ったようにそう告げていた。

──確かに、悪い気分じゃあねえな。

助五郎は仏頂面で独り言《ご》ちると、たちまち皿の上の物を、美味そうに平らげて、大きな溜息をついた。

すると、怒ったようなお夏の顔は、いつしかおようのそれに心の内で変わっていった。

第四話　やけ酒

一

「お武家の女は、ほとんど外へ出ないと聞いたのだけど、そうなんですかねえ」

　およウが、お夏に問いかけた。

　綿摘みのおようは、すっかりとお夏の居酒屋に慣れて、このところは三日に一度は、菜を求めに来る。

　思わぬ問いに、お夏はたじろいだが、

「まあ、よほどの貧乏侍は別だけど、禄を食《は》んでいるお武家には、大抵家来がいるから、女房が用を足しに外へ出ることは滅多にないようだねえ」

　と、このぶっきらぼうな女将にしては珍しく、丁寧に応えてやった。

「外に出ることがあるとすれば、盆暮の挨拶とか、祝儀、不祝儀、墓参り、それくらいじゃあないかい」

窮屈な武家に生まれなくてよかった。そんな話をしたいのだと思ったのだが、

「わたしは、武家に生まれたかった……」

おようはそう言った。

お夏は小首を傾げて、

「あんたは何かい？　あんまり外には出たくないのかい？」

「ええ、出たくない……」

「ここんところ、しょっちゅうここへ菜を買いにくるじゃあないか」

「それは、小母さんが好い人だと初めからわかっているからですよ」

「あたしが好い人？」

「ええ、わたしに害を及ぼすことは決してありませんからね」

「それは当り前だよ……。あんた、方々で大変な目に遭わされているのかい？」

お夏は、おようをまじまじと見た。

「いえ……」

　およう は頭を振って、

「そういうことでもなくて、その……、わたしは、どういうわけだか、外にいると大変なところに出くわしてしまうんですよ」

「へえ……」

　お夏にはよくわからないが、おようは外に出ると、折悪しくおかしな者に出会ったり、ちょっとした騒ぎに巻き込まれたり、そういう不運にやたらと遭遇するらしい。

「だからお武家は好いなと思うのですよ」

　貧乏な武家でも禄を食む者は、それなりの屋敷を構えていて、家人もいる。

　そこで知った顔に囲まれて暮らせるなら何よりも安心であり、これほどのことはないではないか――。

　おようはそう思っているらしい。

　お夏は、菜を塗り箱に詰めたのを手渡しながら、

「だが、外に出ないと、あたし達下々の者はおまんまにありつけないし、心地の好い景色を見て楽しんだりもできないじゃあないか」

少し呆れたように言ったが、

「何とか内職で食べていけるし、好い景色なんて一度見たら十分ですよ」

およう は塗り箱を受け取ると、十文を手渡して、夕暮れの行人坂を下っていった。

「困ったもんだねえ」

お夏は、料理人の清次を見て、やれやれという顔をした。

およう は、お夏の居酒屋の常連である、駕籠舁き・源三の相棒・助五郎の幼馴染である。

助五郎は、ひたすら無駄を省くことに生き甲斐を覚える変わり者で、それは〝焼飯〟の話で十分に語られた。

お夏に、料理はひと手間をかけるのが大事で、そこに情が籠るものだ。心地よく食べたものは身になる、などと言われた助五郎は、その後およう が拵えてくれた〝焼きおにぎり〟を食べて、

「たまには、人が拵えてくれたものを、じっくり味わうのも悪かねえな」

と、気持ちが変わってきた。

お夏の居酒屋には、よく中食をとりに行っていたものの、いつも山盛りの飯を、

汁と小鉢一皿だけで、がつがつと腹の中に放り込んでいるばかりであった。

それでは料理に込められた人の情を味わい、身にすることは出来まい。

助五郎が無駄を省くのは、自分がこの先気楽に暮らせるようにとの方便であったのだが、これではかえって日々の暮らしが窮屈になっていくのではなかろうかと、彼なりに悟った。

お夏の居酒屋は、酒を卸値の何倍にもして出すような店ではない。

ちびりちびりと飲んでも、そ奴を白い目で見たりもしない。

それなら時には、いきなり飯を食わずに、一杯やりながら玄人の料理を味わうのも悪くないではないか。

その料理を、今度は自分で拵えてみれば、夕餉の仕度にも楽しみが出来るというものだ。

そこまで深く考えることもあるまいに、ああだこうだと理屈を固めないと動けぬのは、相変わらずの偏屈ぶりであったが、助五郎はある日仕事を終えると、

「おれもちょいと一杯やってから帰ろうかな」

少し恥ずかしそうに、相棒の源三に告げたものだ。

「そうかい？　そいつは嬉しいねえ」

源三は大喜びで、手を引かんばかりにしてお夏の居酒屋へ二人で入った。

すると、常連達も、

「おう、源さん、今日は相棒と一緒かい」

と、助五郎を温かく迎えた。

「助さん、どういう風の吹き回しだい？」

などと、おもしろがって声をかける者はいなかった。

そんなことを言おうものなら、

「うちの店にくるのに、何か理由がいるのかい？」

と、お夏にやり込められるからだ。

それが助五郎には何よりも心地よかった。

この辺りの荒くれが、お夏の居酒屋に集う訳がわかった気がした。

――そうか、ここなら一人で思うように酒を飲んで料理を楽しめるのか。

助五郎は、常連達の会話に入ることなく、それでいて時折は、駕籠を舁いている時と同じく、人の話には大きくゆっくり頷いてみせた。

すると、酒も料理も深い味わいがあり、体に入ったものが、いかにも身になるような気がした。

早々に酒を切り上げて飯にしても、誰もそれを咎めたりはしない。

そして、清次が拵えてくれた〝けんちん汁〟は、助五郎が家では拵えられない一品であった。

一人ではこれだけ具材を揃えられないし、さすがに皆が慕う料理人だけあって、自分とは格段に腕が違うのだ。

酒の肴にもなるし、飯も食べられる。〝けんちん汁〟は、助五郎にとって、実に無駄のない料理であった。

あくまでも、常連の仲間入りをするつもりはなく、一人が好きな変わり者のままであるが、助五郎は源三が誘わずとも、時折お夏の居酒屋に日が暮れてからも来るようになったのだ。

こうなると、源三も助五郎のことをおように頼まなくなった。

変わり者の助五郎を人交わりの出来る男にするためには、誰かと所帯を持たすべきだ。となれば、助五郎にものが言えるおようはどうかと思った源三であった。

だが助五郎は、おようにはいささか心を開くようになったものの、誰かと所帯を持つつもりなどさらさらなく、おようを度々怒らせているらしい。

それゆえ、源三はおようを見かけると、

「お前さんのお蔭で、助五郎もちょっとは人が変わったらしく、小母さんの居酒屋で一杯やるようになったよ。色々すまなかったねえ」

そんな風に労りの言葉をかけるものの、助五郎と一緒になるつもりはないか、などとは言えなかったのだ。

そうなると、お夏と居酒屋を取り巻く人々の中で、おようの存在は薄れていった。

およう自身、お夏の店に菜を求めに来るようになったものの、女一人で暮らす身であり、居酒屋に飲みに来るわけではない。

一度は嫁いだものの亭主とは早くに死別し、それからは目黒に戻って父親を看取り、今は綿摘みを生業に立派に暮らしている。

そして、人が喋りたがらない助五郎に対して、はっきりとものを言えるのであるから、

「おようという女は、しっかり者だ。おれ達が気安く声をかけられる相手じゃあね

えやな」

源三すらも、そのように捉えていた。

しかし、お夏の目から見ると、それはまったく違っていた。おようは、

「少々の間の悪さはご愛嬌」

とは言えないほどの、のろまな一面がある。実のところは、悩み多き出戻り女である と、会う度に思えてきた。

お夏との会話が気安くなればなるほど、おようも安心するのか、自分をさらけ出してくるので、お夏にはわかるのだ。

今日の話によると、おようは外に出たくないという。

それが武家の女房への憧れとなって表れたのだが、お夏はそういう話を町の女にされたことは一度もなかった。

屋敷に閉じ籠っている方が幸せだというのは、お夏には信じられなかった。

余ほど世間と上手に付合っていくことが出来ないのであろう。

それでも人からは、放っておいても大丈夫な女だと見られているのだから堪らない。

本来、誰よりもおようのそういう気性を知っているはずの助五郎は、今の自分の暮らしが珍しくて浮かれているのか、元来人の心の機微には疎いのか、とりたてて気遣う様子もない。

自分が世話をしてあげないといけない。そう思っていた助五郎が、既に一皮むけて、お夏の居酒屋に溶け込みだした今、おようは自分こそが充たされていない者なのだと改めて気付かされたのかもしれない。

「ほんとに困ったもんだね。生きていくってことはさ」

お夏は、おようから手渡された十文の銭を、右手の内でちゃらちゃらとさせながら、またひとつ呟いた。

二

綿摘みは家で出来る仕事であるから、とりたてて外に出る必要もない。

とはいえ、出来上がった綿帽子などを届けに行かねばならない時もある。

本来ならその間が大きな気晴らしになるだろうし、届けたらその場でまた、次の仕事についての話も出来るというものだ。

ところが、およようにとっては、納品が〝魔界への道行〟となる。

目黒不動門前にある呉服店へ行く間、彼女はほぼ〝神がかり〟といって好いほどの難儀にぶつかるのだ。

秋の昼下がり。

田園に囲まれた目黒不動への道は、実に野趣に富み長閑である。

だがこの日も向こうからやって来た荷車と、どういうわけか、道幅が一番狭いところで行き合ってしまった。

おようが右へ寄って荷車をやり過ごそうとすると、車力も右に寄る。このままではぶつかるので左へ寄ると、車力も左へ寄る。

何故か息が合わない。

自分としては相手を気遣っているつもりなのだが、端へ寄る間合が悪いのか、右へ左へと蛇行してしまう。

車力は相手が女なので、文句を言ったりはしないが、こんな時は誰もが、

「おいおい、勘弁してくれよ。荷車は軽かねえんだぜ」

と、言わんばかりの表情を浮かべるから、恐らくおようの間が悪いのであろう。

それで、ついおようは車力に小腰を折って詫びることになる。

だが、すれ違ってからしばらくすると、

——天下の往来で、どちらが悪いわけでもないはずではないか。

と、やり切れぬ想いになる。

門前の町へ出ると、前を駆ける子供が道端の八百屋の棚に置かれた野菜に体を触れて、これを地面に落していく。

放っておけばよいのだろうが、根が正直者のおようはこれを拾って棚に戻してやる。

そんな手間をかけてやっているのに、えてしてこんな時、自分が野菜を落したと店主に思われて嫌な顔をされる。

または、

「子供は元気が好いが、まあ、気をつけておくれ」

などと、自分の子供と間違われたりする。

「ふざけるな！」

と、言ってやりたい時もあるが、品物を届ける前に手間取りたくはないので、何も言わずにさっさと立ち去るのがほとんどだ。

ことほど左様に、おようには小さな災いが降りかかってくる。

どれをとっても些細なことなのだが、これが積み重なると、次第に心が重たくなってくる。

――なんて間が悪いのだ。

そこから脱却出来ないでいる、自分自身が歯痒《はがゆ》くなってくるのだ。

おようが外出《そとで》をしたくないのは、こういう理由によるのである。

考えてみれば、間が悪い、ついていないの最たるものが、家移りをした長屋に助五郎がいたことだ。

幼馴染は、他人にはまったく関わらず、やもめの暮らしを楽しんでいるように見える。

ただの変わり者だと放っておけばよいのかもしれないが、子供の頃の付合いがあったので、顔を見れば言葉も交わす。

木で鼻を括ったような挨拶をされると、知っているだけに、つい窘めたくなる。

間が悪く、不器用な人交わりしか出来ないのに、おようは正義感だけは人一倍持ち合わせているから困るのだ。

とどのつまりは、助五郎の理屈とぶつかり合って腹を立てねばならなくなる。喧嘩をしても、幼馴染ゆえに互いに相手をわかっていて、ニヤリと笑い合えるような爽やかさはそこにない。

それでも、人の好い相棒の源三から頼まれると放ってもおけず、おかしな〝焼飯〟を拵えているとわかれば、〝焼きおにぎり〟を拵えてやったりしてしまう。

だが、その甲斐あって、助五郎も少しは人間が和やかになり、お夏の居酒屋に酒を飲みに行くようにもなったという。

源三にはありがたがられたが、助五郎はというと、

「およう坊、お前ももう少し、和やかになった方が好いぜ」

などと、わかったようなことを言ってくる。

――まったく、誰に言っているんだい。あの唐変木。

ひとつの成果をあげたのに、どうもすっきりとしないのだ。

この日もまた綿帽子を届けるまでの間に、車力との道の譲り合いを経て、町では

子供にぶつかられ、野良犬に吠えられ、随分と落ち込んだ。

それでもまあ、大怪我をしたわけでもなく、人に罵声を浴びせられたわけでもない。

外を歩けば、誰にだって起こることであろう——。

気を取り直して、世俗には一切触れぬようにと、一目散に太鼓橋を目指して帰ったのであった。

しかし、試練はまだ続いていた。

岩屋弁天から太鼓橋へと延びる道へ出て、旗本屋敷を過ぎたところで、道端の小さな地蔵堂の向こうに蹲《うずくま》る人影を見かけたのだ。

蹲っているのは三十絡みの男で、苦しそうに唸り声をあげている。

やり過ごせばよかったのだが、もしも命に関わることであれば後生が悪い。

人一倍正義感が強いおようとしては放っておけなかった。

声だけでもかけておけば自分の気もすむ。

おようは、道からそれて地蔵堂の裏手に廻り込んだ。

「もし、どうなさいました……」

背中越しに声をかけると、

「何もねえや。放っておいてくんな……」

男は息を切らしつつ応えた。

よく見ると男の頬には血がべっとりと付いていた。

「でも、怪我をしているじゃありませんか……」

おようは、それでも、傷付き動けなくなっている男を放っておけず、傍へと寄ったのだが、その気配を感じた男は、

「寄るんじゃあねえや！」

いきなり激昂し、振り向き様におようを突きとばした。

「あ……ッ！」

およう は低く呻くと、地蔵堂の壁板に思い切り肩をぶつけて、その場に屈み込んだ。

男は傍に置いてあった小さな風呂敷包みを拾うと、おようには目もくれず、畦道《あぜみち》を駆け去った。

男はどこか怪我をしていると思われたのだが、走る余力は残っていたらしい。

——どうしてこんな目に遭わないといけないんだろう。

親切を仇で返された心の痛みもさることながら、強打した肩、屈み込んだ時に尻を敷石にぶつけた痛みに声も出ず、おようはしばしその場に座り込んでしまったのである。

三

「おい、相棒、ちょいと止まってくれ」

先棒の助五郎が言うので、源三は歩みを止めて、担いでいた駕籠をその場に下ろした。

「助、どうかしたのかい？」

「あれを見てくんな……」

助五郎が指を差した先には、地蔵堂の裏手からよろよろと出てきた女の姿があった。

「ありゃあ、おようさんじゃあねえか」

二人は駕籠を担ぐと、おようの傍へと寄った。

「おい、およう坊、どうしたってえんだ……」

助五郎が声をかけると、

「助さん……、好いところにきてくれたねえ……」

おようはほっとした途端に体の痛みが押し寄せたか、またへなへなとその場に座り込んで、あまりの情けなさに、しくしくと泣き出した。

「理由は後でゆっくり聞くから、ひとまず駕籠に乗りなよ。相棒、好いかい?」

助五郎は振り向いて、源三に言った。

「あたぼうよ! さあ、おようさん……」

源三は快く応じて、二人でおようを駕籠に乗せると、

「えっさ!」

「ほいさ!」

と、太鼓橋へ向かった。

「すぐに長屋に着くから辛抱しなよ」

こんな時も、声をかけるのは源三である。

「まったく、また今日は、どんな間の悪いことがあったんだよう」

にこりともせずに問い詰めるのは助五郎であった。

「後でゆっくり聞くと言ったでしょう！」

おようは駕籠の中から怒鳴った。

もう少し親身になってくれてもよさそうなものだと、助五郎に腹が立ってならなかったのだ。

助五郎はそれでも悪びれる様子はなく、

「それだけ声が出せたら、体の具合もどうってことはねえや」

今度はニヤリとして言った。

おようはますます頭にきて、

「駕籠賃は払うから、このまま小母さんの居酒屋へ連れていってちょうだい！」

再び叫んだ。

このまま、長屋へ戻って一人になると、気がおかしくなりそうであった。

「何でえ、小母さんの店で、やけ酒かい？」

助五郎は、ここでもずけずけと思ったことを言う。

源三は、まだおようが助五郎と一緒になってくれたらよいのにと心の内では思っている。

「助！　お前、言い過ぎだぞ！」

と、窘めて、

「居酒屋へ行くのは好いけど、大丈夫なのかい？」

やさしく問うた。

「体の痛みなど、心の痛みに比べたら、どうってことはありませんよ！」

おようは、出せるだけの大声をあげた。

源三と助五郎は、思わず首を竦《すく》めて、行人坂を駆け上がった。

お夏の居酒屋へ着くと、おようは体の痛みをものともせず、気丈に縄暖簾を潜ったものだ。

「おや？　何かあったのかい？」

お夏は、おようの様子を一見して、異常を覚えた。

このところ、暗い表情が多かったとはいえ、いつも背筋はしっかり伸びていて、取り乱したところは見せなかったが、今日は髪がほつれ、着物もいささか着崩れている。

　およう は無言で長床几に腰かけると、

「小母さん、お酒をちょうだい」

　飲まないとやっていられないとばかりに、まず酒を注文した。

「あいよ……」

　お夏は、すぐに小ぶりの茶碗に冷やのまま注いで出してやったのだが、およう は
それをきゅッと一息に干した。

「おや、いける口なんだねえ」

「今日は飲みたいのよ……」

　およう は、お夏がさらに注いでくれた酒をまた一口飲むと、

「大変な目に遭ったのよ。ああ、頭にくる……」

　それからお夏、清次、助五郎、源三に訴えるように先ほどの出来ごとを話した。

「そんな怪しげな野郎は、うっちゃっておきゃあよかったのさ」

　助五郎が、顔をしかめた。

　お夏もそう思ったが、親切心を見せたおようを責められない。するとおようが、

「義を見てせざるは何とやら、と言うでしょ！　男のあんたが何を言っているのさ！」

すぐに助五郎に突っかかった。

これにはお夏を始め、店にいる者達は気圧された。

「人の親切を仇で返しやがって、許せない男だわ！」

酒が入って、およう の口も滑らかになったか、いつもの落ち着いた様子からは信じられない勢いであった。

「おようさんの言う通りだぜ。助、お前は黙って話を聞けよ」

源三は、さすがに駕籠の酔客の扱いには慣れている。

こんな時はまず黙って話を聞いてやるに限るのだ。

お夏はというと、

「その男は何だね、どこかで喧嘩でもして、気が昂っていたのかもしれないね」

そのように推測した上で、

「とにかく、あんたも大怪我をさせられたわけでもないのが幸いだったよ」

と、労ってやった。

「幸いなもんですか……」

お夏に慰められて、少しばかり気が落ち着いたおようであったが、彼女の怒りには続きがあったらしい。

「死んだおっ母さんからもらった櫛《くし》がなくなってしまったのよ……」

男に突きとばされた拍子に、地蔵堂に体をぶつけて座り込んでしまったおようは、男が走り去った後、母の形見の櫛が髪に挿さっていないことに気付いた。

それは黄楊《つげ》で出来た半月形のもので、おようのお気に入りであった。

痛む体を引きずるようにして、辺りを捜してみたのだが、櫛は見つからなかった。

放心して道へと出たところ、源三と助五郎の駕籠と行き合ったのである。

「きっと奴が持っていったのよ」

おようはそう見ていた。

「だが、気持ちが昂って走り去ったんだろ。そんな野郎が、わざわざ櫛を拾っていくかねえ」

助五郎は、こんな時も冷静に判断をする。

おようはそれが気に入らずに、助五郎を睨みつけると、

「だから言ったでしょう。そいつは走り出す時に、小さな風呂敷包みを拾い上げたって……」

詰るように言った。

男はそれを懐に押し込んで走り去ったのだが、その時に、およう の櫛が風呂敷包みの上に落ちたのを一緒に持ち去ったのかもしれないと、およう は目星を付けたのだ。

「まあ、ちょいと好い櫛だと見て、行きがけの駄賃にとっていったのかもしれないね」

それもあり得る話だと、お夏は言った。

「そうでしょ、小母さん、わたしもそう思うのよ……」

およう はそれから、堰《せき》を切ったように自分の不運を嘆き、世の中の薄情さや、やり切れなさを語り出した。

出戻りで、何かと間の悪い自分は、何ごとに対しても怒らず、諦めるのが肝心だと控え目に生きてきた。

しかし、その挙句がこれである。

いつかきっと、自分をいたぶってきた者達は痛い目をみるであろう。そうでなければ自分は浮かばれないとぶちまけた。

「そうかい、あんたの言いたいことはよくわかるよ。せっかくここへきたんだ。好きなだけ飲んでうさを晴らしなよ」

お夏は、おように自棄酒《やけ》を勧めた。

源三と助五郎は、まだもう少し稼ぎたかったので、このまま自棄酒には付合いきれない。

お夏はそれがわかるので、

「帰る時に、もう一度ここへ寄って、おようさんを連れて帰っておやりな」

と言って二人を辻駕籠に送り出し、それまでおようの相手をしてやることにした。

そのうちに、常連達が続々とやって来るはずだ。今日の調子なら、誰もがおようの話し相手になってくれるだろう。

「ああ、そうね。源さんも助さんも、商売の邪魔をしてすみませんでしたね。どうぞ稼ぎにお出かけなさい、わたしはここでやけ酒といかしてもらいますからね！」

源三と助五郎は、お夏と清次に手を合わせつつ、駕籠を流しに出た。

するとお夏の思った通り、不動の龍五郎、政吉、医者の吉野安頓なども次々に店へやって来て、思いもかけぬおようの酩酊ぶりに驚きはしたが、珍しがって彼女の話し相手になってやった。

およう が、常連達の想像していたしっかり者ではなく、間が悪くて一人になるといつも嘆いている女であると知れ、かえって親しみが湧いたようだ。

「間が悪いのは、おれ達も皆同じようなもんだよ」

と、よく話を聞いてやった。

しかし、件の怪しげな男については、

「そいつが奪《と》ったかどうかは定かじゃあねえし、お前さんにとっちゃあ大切なものでも、櫛ひとつとなりゃあ、役人は動いちゃあくれねえだろうなあ」

龍五郎は諦めるしかないだろうと、慰めた。

「そうですねえ、親方の言う通りだ……。諦めるしかないですよねえ……。でも、あの男はいかにも怪しそうな奴でしたからね。何か悪さをしでかすかもしれませんよ」

おようはそう言って悔しさを吐き出した。

「そいつはどんな野郎だったのか覚えているのかい？」

政吉が訊ねると、

「ええ、それはもうこの目に焼き付いていますよ。やたらと眉が太くて、顔は角張っていて、唇はぶ厚くて……、鼻に大きな黒子《ほくろ》があって、格子縞の着物に三尺を締めていましたよ」

おようはすらすらと応えた。

「そいつは大したもんだ。よく覚えているね」

「わたしはこれでも人のことはよく見えるんですよ。だからあれこれ頭にくるんですけどね……」

龍五郎も感心して、

「お前さんの言うように、その太眉の男は、この辺りに悪さをしにきやがったのかもしれねえや。ひとまず、谷山《たにやま》の親分に話だけでもしておいたらいいや。話すだけでも気が晴れるぜ」

と、勧めた。

谷山の親分というのは、小助《こすけ》といって、この辺りでは名の知れた御用聞き・牛町《うしまち》の仁吉《にきち》の乾分である。

仁吉に比べると、どうも頼りないのだが、仁吉は今、南町奉行所の定町廻り《じょうまちまわ》同心・濱名《はまな》又七郎《またしちろう》が抱えている案件で忙しく、小助に相談するのがよいと思ったのだ。

「そうですね。さすがは親方。忘れないうちに話しに行きますよ。あの櫛はわたしにとっては本当に大事なものなんですよ」

ここまで話すのに、おようは五杯ばかり酒を飲んでいて、かなり出来上がっていた。

居合わせた吉野安頓は、おようの体の痛みについて問診をしてやり、大したことはないと判じてくれたし、言いたいことを吐き出し、彼女の自棄酒はそれなりの成果をあげたのであった。

やがて夜になり、駕籠を流して一仕事を終えた助五郎が源三と顔を出し、かなり酔っ払っているおようを駕籠に乗せて、裏店まで連れて帰って、ひとまず騒ぎは収まった。

お夏と清次は、ほっと息をついたが、龍五郎が谷山の小助に相談するように勧めたのが気になった。

牛町の仁吉が忙しく、小助なら手が空いていると考えたのかもしれないが、そもそも仁吉が忙しいのなら、小助も手伝いに駆り出されるはずである。

それが一緒でないのは、仁吉から頼りにされていないわけであるから、その程度の下っ引きを頼ったとて、無駄足になるに違いない。

太眉の男が何者であるのかも気にかかる。

「清さん、やれやれというところだが、ちょいと、河庄《かわしょう》の旦那に会ってくるよ」

お夏はそっと清次に耳打ちをした。

四

翌朝。

お夏の姿は、目黒不動門前から東へ入った木立にあった。

ここにひっそりと佇《たたず》む庵《いおり》が河瀬庄兵衛の浪宅なのだ。

訪ねたのが、件の〝太眉の男〟について問い合わせるためであるのは言うまでもない。

このところ、庄兵衛は目黒では知る人ぞ知る文人墨客の一人になっていた。

かつては〝相模屋〟にあって、人助けに剣の腕を揮った猛者《もさ》も、今ではすっかり穏やかな絵師の顔となり、彼に絵を習う旦那衆もいるほどだ。

このところ庄兵衛が何よりも力を入れているのは、写生であった。

料紙と絵筆を手に、一日中目黒界隈を歩き廻って、名所旧跡を描き留めることも珍しくない。

「お嬢、歳をとると足腰が弱くなるものだ。こうして鍛えておかぬとな」

すっかりと〝絵の先生〟となった身が、少しばかり面映ゆく、外でお夏に出会った時などは、そう言って照れ笑いを浮かべることもしばしばである。

そう言いながらも、庄兵衛がただ足腰を鍛えるためだけに写生にいそしんでいるわけでないのを、お夏も清次もわかっている。

お夏の父・相模屋長右衛門の遺志を受け継ぎ、今も〝人助け〟に生きる彼は、写生に託けて、

――どこかにおかしな連中が、うろついていないか。理不尽な目に遭っている者がいないか。

と、気にかけながら、絶えず町中に目を光らせているのである。

それが、お夏の役に立つであろうと、考えてのことなのだ。

「角張った顔、太い眉、ぶ厚い唇、鼻に黒子……」

庄兵衛は、お夏からおようの受難と、怪しい男について聞かされると、

「その男なら見かけたよ」

すぐに大きく頷いてみせた。

「さすがは旦那……」

お夏が感じ入ると、

「それだけの目立つ顔をしていれば、一度見れば忘れぬものだ」

庄兵衛はこともなげに応えた。

「これもまた、絵を描くようになったお蔭だなあ」

写生をして、庵に帰ってからそれを絵にするのだが、景色や人の顔などは、自分の目に焼き付けることが何よりも大切である。

その訓練をしていると、人の特徴も覚え易くなると庄兵衛は言うのだ。

また、特徴のある容姿に目がいく習性も身に付いてくる。

「そ奴は、見かけぬ顔だ。土地の者なら、おれのことだから、とっくに覚えてしまっているよ」

庄兵衛が〝太眉〟を見かけたのは五日前であったそうな。

これもまた見かけぬ顔で、人相風体がよくない二人の男と、目黒不動の仁王門の外で話し込んでいるのを見たという。

それから庄兵衛が辺りを一廻りして戻ってくると、今度は門を入ったところの掛茶屋に腰をかけ、道行く参詣人を眺めていた。

「誰かを捜していたのかもしれぬ」

「落ち合うつもりだったのかもしれませんねえ……」

お夏は宙を睨んだ。

「それからのことはわからぬのだ。とりあえず、居処くらい確かめておけばよかったかもしれぬな」

「ふふふ、役人じゃあるまいし、そこまですることもありませんよ」

「だが気になるな。およういう綿摘みが見たところでは、頬に血が付いていたのだな」

「はい。どこか怪我をして、そこを手で押さえた血が、汗を拭った拍子に顔に付いた、とも考えられますし……」

「人を刺して返り血を浴びたのかもしれぬな」

「そうなんですよ」

二人の目がぎらりと光った。

「まず、おようさんがこの先関わりになることもないとは思うんですがねえ」

「本人が、神がかりなほどに間が悪いと言うのだから、気になるな……」

庄兵衛の表情が冴え渡ってきた。

緊張を浮かべるのではなく、明らかに何かをおもしろがっている時のものだ。

「そうなんですよねえ。あたしはどうも胸騒ぎがしてならないんですよ」

お夏もふっと笑った。

「綿摘みの住んでいる長屋は……？」

「太鼓橋からほど近い、〝玄之助《げんのすけ》長屋〟で」

「それなら大家から、絵を教えてくれと、うるさく言われているところだ。何かと都合がよい。ちょいと動いてみようか」

「頼りにしておりますよ……」

五

その頃。

およう は家で、自暴自棄になっていた。

「神も仏も、殺すなら殺しやがれ……」

もう、そんな気分になっていた。

昨夜は、自棄酒に乱れたおようであった。

〝太眉〟の一件と、その後に大事な櫛を失くしてしまったことは、辛抱強く、生真面目な女として生きてきた彼女の日常を破壊した。

というよりか、

「どいつもこいつも好い気になりやがって、このわたしをなめるんじゃあないよ！」

彼女をこれまでの忍耐の日々から、反撃に転じさせたといえる。

ここへきて、おようはとうとう天の自分への仕打ちに、怒りを爆発させたのだ。

昨夜の自棄酒は、一時おようを精神の苦痛から解放してくれた。

居酒屋へは、菜を買いに行って、お夏とあれこれ言葉を交わし、心を休めていたが、常連のむくつけき男達と一杯やるなどとは思ってもみなかった。

それが、〝太眉〟の一件で自分の殻を打ち破り、

「もうわたしは黙っていない」

と、気勢をあげられた。

強面《こわもて》の常連客達は、見かけによらず誰もがやさしくて、おようの怒りを理解して、励ましてくれたし、

「女のやけ酒なんてよしにしなよ」

などと説教をたれる者もいなかった。

考えてみれば、あの野暮天の助五郎よりも余ほど男らしくて頼りになる。

こんなことならもう少し早くから、お夏の居酒屋で一杯飲んで、うさ晴らしをすればよかったと思われた。

しかし、自分自身〝いける口〟だと思ったものの、それは緊張していたゆえに酔

いが回るのが遅かっただけで、帰って一眠りして、ふと目が覚めると、頭が割れるように痛くて、足がもつれた。

やっとのことで土間へ下り、水甕《みずがめ》へ辿り着いて、杓《ひしゃく》でぐいっと呷ったので、少し気分が落ち着いた。

ところが、それで足のもつれが解消したわけではなく、框をうまく上がりきれず、よろけて転んで、その拍子に突き指をしてしまった。

酒の酔いとは恐ろしい。

その痛みも感じず、再び眠ったが、今度は指の痛さで目が覚めた。

起き上がって、茶漬けでも食べようと思ったが、指が痛くてままならない。

仕方がないので、助五郎の家を覗くと、このところは〝焼飯〟にも飽きたか、助五郎は冷や飯で粥を炊くところであった。

それで、自分の冷や飯を持参して、

「すまないけど、一緒に炊いてくれないかい」

と頼んで、自分の分を拵えてもらった。

「なんでえ、無様だねえ。昨夜の酒が残っていて、指を痛めちまったってえのかい？」

助五郎は、ぶつぶつ言いながらも、そこは段取りに無駄がない。

さっと粥を炊くと、茶碗によそって匙をつけてくれた。

「つべこべ言わなきゃあ、あんたも好い男なんだけどねえ」

おようは、こんな時でも粥を炊かせて、憎まれ口のひとつも言えるようになった自分を、少しばかり誇らしく思った。

それと共に、野暮天で唐変木な助五郎であるが、だからこそこんな口を利けるのだと思うと、この男の存在がありがたかった。

「まあ、酔いが醒めたら、嫌なこともどこかへとんでいくさ。指、気をつけなよ」

助五郎はそう言うと、さっさと稼ぎに出てしまった。

決してやさしい物言いではないが、こんな醜態をさらした時は、これくらいの応じ方がよかろう。

こっちも気を遣わないでもいい楽な相手だといえる。

それで一息ついたが、さて自分も仕事にかかろうと思えば、指が言うことを聞かない。

自棄酒を飲んで、心のうさを晴らしたと思ったら、その傷跡がしっかりと残る。

自分はどこまでもついていない。

酔いが醒めるほどに、その空しさが込み上げてきた。

まず、この指を診てもらおう。

おようの頭の中に、吉野安頓の三日月のようなしゃくれた顎が浮かんだ。

昨日は、お夏の居酒屋で出会い、体の痛みについて、あれこれと助言をくれた。

あの先生なら、診てもらったとて嫌な気分にさせられまい。

おようは気を取り直して、安頓の家へと出かけた。

吉野安頓の目黒での名声は、以前から聞き及んでいたし、医院は〝玄之助長屋〟からほど近いところにあった。

だが行ってみると、安頓は往診に出かけていて不在であった。

——どうしてこう間が悪いのか。

またそこへと気持ちが落ち込む。

それでもこの日のおようは、いつもの〝仕方がないさ〟と引き下がる彼女ではなかった。

何かでこの気分を晴らしてやろうという、前向きな気持ちになっていた。

たとえば何があるだろう。

——そうだ。これから谷山の小助親分を訪ねてみよう。

おようは、そう思い立った。

そこで小助が、

「その野郎は、目黒へ流れてきて、何か企んでやがるのかもしれねえな」

と、話に乗ってくれたら、それだけでも気持ちがすっきりするはずだ。

おようは、目黒不動門前の長徳寺近くにあると聞いた小助の住まいを訪ねた。

そこは傘屋であるからすぐに知れた。

下っ引きなどというものは、大抵女房が何か店でもして方便を立てているものだが、それが目印になってありがたい。

「ごめんなさいまし。親分はおいでで……」

おようは、女房らしき三十絡みの女に声をかけた。

女は陰気な顔をしていたが、俄な来客にほんのりと頬を朱に染めた。

「やどに何か頼みごとでも？」

「はい、折入ってお頼みしたいことがございまして」

　およう は臆せず言った。

　相変わらず不運が押し寄せているが、昨日からそれを正面から受けて立ってやるという闘志が湧いていた。

「左様で。ちょうど家におりますので、このまま中へお入りくださいまし」

　あまり小助を訪ねる者もないらしく、女房としては、かさの高い亭主が黙念として家にいると窮屈なのであろう。

　およう のおとないがありがたかったようだ。

　すっと通されると、

「おう、おれに何か用かい……」

　三十過ぎの小太りの男が澄ました顔で、およう を迎えた。

　そして、それから小半刻（約三十分）もせぬうちに、およう は傘屋を出た。

　――ふん、やっぱり牛町の親分が、御用に連れていかないだけのことはあるよ。

　およう は、来るんじゃあなかったと、さらなる怒りを募らせていた。

　小太りの小助は、およう から一通り話を聞くと、

「何でえ、そんな話かい……」

と、舌打ちをした。

不動の龍五郎が言っていたように、なくなったおようの櫛を、〝太眉〟が奪ったかどうかは確としない。

奪っていったとしても、貴人から下賜されたような名品でもないのだ。

怪しげな男に近付いたのは己が不注意であり、

「いちいちそんな話にかかずらっていられるかい」

小助は、けんもほろろに吐き捨てたのである。

己が不遇を嘆いているのは小助も同じで、親分の仁吉から声をかけてもらえずにいるというのに、やっと頼みごとに人がやって来たと思えば、

「おれを見くびるんじゃあねえや」

と、言ってやりたいような案件である。

礼金のひとつも積んでくれたら話は別だが、

「きっとお礼はさせていただきます」

と、およう は言うが、それも口だけだ。

おようとしてみれば、大して評判のよいわけでもない下っ引きに、その出方もわからぬうちから、礼など出来るはずもない。

犯罪の根はどこに張られているか知れぬものだ。

「そいつは怪しい野郎だな。ちょいと当ってみようじゃあねえか……」

それくらいのことを言えない小助など、たかがしれている。

――礼など持参しなくてよかった。

およはそう思いながら、

「そんならようございますよ。おおきにおやかましゅうございました」

と、言い捨てて別れたのである。

しかし、頭にきたものの、

「あの小太り、目をぱちくりとしていやがったよ……」

と、言いたいことを面と向かって言ってやったという爽快さを覚えていた。

それがおようを強い女に変貌させていた。

怒りは人に力を与えてくれると、およは悟ったのである。

すると天もそれに応えてくれたのか、帰りの道中に一人の男を出現させてくれた。

〝太眉の男〟であった。

菅笠を被っていたが、おようの前方で立ち止まり、額の汗を拭った拍子に、角張った顔に太い眉、ぶ厚い唇、鼻の黒子が覗いた。

おようはそれを見逃さなかったのである。

六

眩い陽光が照りつけていた。

おようはそれを避けるふりをして、手拭いを吹き流しに頭にかけた。

〝太眉〟に気付かれぬためだ。

憎い敵は、少しおどおどした様子で、目黒不動へと向かっていた。

おようは大胆にも、〝太眉〟のあとをつけた。

迷いはなかった。

「盲亀《もうき》の浮木《ふぼく》、優曇華《うどんげ》の……」

そんな仇討ち物語の台詞《せりふ》が勇ましく頭を過った。

「ここで逢《お》うたが百年目……」

けりをつけてやると、男の居処を突きとめんとしたのである。

〝太眉〟はやがて仁王門を入り、そこで掛茶屋の長床几に腰を下ろして、きょろきょろと辺りを見ていた。

およう は逃すものかと物陰から様子を窺う。

〝太眉〟は苛々とした様子で、半刻（約一時間）ばかりそこにいたが、いつまでも茶屋にいるわけにもいかず、代を置いて立ち上がった。

それからさらに半刻ばかり境内をうろうろとしていたが、やがて寺を出た。待人と落ち合えなかったように見える。

おようは元より辛抱強さを備えている。

何食わぬ顔で男のあとをさらにつけた。

〝太眉〟は、足早に下目黒町を北へ進み、岩屋弁天の手前を左へ入った。

その先には百姓地が広がり、細い路地が入り組んでいる。

突風がおようの手拭いをとばした。

慌てて拾いあげたおようは、痛めた右手の指をさらに地面にぶつけた。

「痛ッ……」

緊張で忘れていた痛みが蘇り、およっは背中を丸めた。

気を取り直して、細道の角に消えた〝太眉〟を追うと、既にその姿はなかった。

その通りには、三、四軒の仕舞屋が建ち並んでいる。

そのどこかに入ったのであろうか。

およっは小走りにその周辺を見廻ったが、やはり〝太眉〟の姿はなかった。

その辺りはひっそりとした地域であったが、日中は百姓衆や寺院に出入りする者が、なかなかに行き来している。

およっはあまりうろうろとしていると誰かに怪しまれるのではないかと考え、ひとまずその場から立ち去った。

ここまでは上出来であった。この辺りに〝太眉〟が潜んでいると知れたのだから、一旦仕切り直せばよかろう。

神がかりかと思われるほど、間の悪いおようであるから、何が起こるか知れたものではないのだ。

とはいえ、これから先はどうすればよいのであろうか。

長屋に戻ったおようは思案に暮れた。

このことを誰かに伝えるべきであろう。

だが、〝太眉〟が今どこにいるのかは、確と知れない。

加勢を得て捜し回って、見つけたとしてどうすればよい。

「お前は誰だ？　櫛など知らねえや」

と、言われてしまえばどうしようもない。

突きとばされたことを責めたとて、

「あん時は、おかしな野郎に絡まれて逃げてきたんだが、そこへいきなり声をかけられてびっくりしたのさ。怪我をさせたならすまなかったな」

と、言われてしまえば何も言えなくなる。

〝太眉〟の身ぐるみはいで、形見の櫛を捜すわけにもいくまい。

それによって、少しはおようの気もすむかもしれないが、〝太眉〟がどう出るかわからない。

いきなり匕首を振り回されれば、自分の命も危ないし、加勢を頼んだ相手に迷惑が及ぶ。

谷山の小助は頼りにならない。

仕事も手につかず、その日も暮れてきた。

お夏の店に顔を出そうかと思ったが、昨日自棄酒で酩酊したばかりだというのに、今日もまた顔を出すのは憚られた。

人生に開き直った感があるおようとはいえ、まだそのような女としての恥じらいは残っていた。

そうするうちに、家の外から声がした。

「およう坊、いるかい……」

――何が、およう坊だ。

声の主は助五郎であった。

つっけんどんな物言いは、聞くと腹が立つが、今はやたらと懐かしく、頼もしく思えてくる。

「助さん、今、帰りかい……」

おようは穏やかに応えた。

助五郎は、戸を開けて顔を見せると、

「あれから具合はどうだい？」

おようを見つめて訊ねた。

「酔いはすぐに醒めたけど、まだちょっと指が痛いわね……」

自分で指を真っ直ぐに伸ばすうち、おようの指の痛みはましになってきていた。

「明日にでも吉野先生に診てもらおうかと思っているわ」

今日は生憎、安頓は往診に出ていて診てもらえなかったと伝えると、

「ああ、相変わらずお前はついていねえなあ……」

助五郎はしかめっ面をした。

傷口に塩を塗るような言葉にもとれるが、おようは、それが助五郎のやさしさだと受け止めた。

どんなに腹の立つことを言われようが、昨日の自棄酒のその後を確かめに来てくれたのは助五郎だけなのだ。

「ああ、ついていないよ……。まったくついていないよ……」

おようの口から素直な言葉が出た。

「他に何かあったのかい？」

「谷山の小助親分を訪ねてみたのよ」

「おお、そうなのかい？　で、親分は何と言いなすった？」

「どうもこうもないわよ……」

助五郎は、谷山の小助について興をそそられたようだが、おようから今日の顚末を知らされると、またしかめっ面をして、

「何でえ、あの野郎、恰好ばかりつけやがって。仁吉親分が用をさせねえのは、やはりそういうわけかい」

一緒になってくさしてくれた。

助五郎は、そんな御用聞きの出来そこないが、お上の御用をひけらかして偉そうにしていることこそ、世の中の無駄だと思っていて、手厳しい。

おようは嬉しくなって、

「それで頭にきて帰ろうとしていたら、あの男を見かけたのよ」

「あの男って……、まさか……」

「そのまさかよ……」

おようは勢いに乗って、助五郎に今日の自分の執念の追跡を語った。

助五郎は真剣な面持ちで聞いていたが、

「およう坊、頭にくるのはわかるが、そんな野郎には関わらねえ方がいいぜ。谷山の小助が頼りにならねえからこんなことになるんだが、その野郎を問い詰めても、いくらでも言い逃れができらあ。それに、いかれた野郎なら怪我をさせられるぜ……」

と、およう を窘めた。

助五郎の言っていることは、およう の考えと同じであり、頷くしかないが、

「それは助さんの言う通りかもしれないけど、あの櫛はおっ母さんの形見で、どうにも諦めきれないのよ」

偽らざる想いをぶつけた。

「その想いもよくわかるが、〝太眉〟の野郎がどこにいるかは確としねえんだろう」

「それはまあ……」

「今日のところはゆっくり休んで、明日にでも居酒屋へ行って、小母さんや、不動の親方に相談することだな。牛町の親分もそのうち手がすくだろうし、濱名の旦那も話のわかるお人だから、何とかしてくれるさ」

「そうだねえ……」

「何か食ったのかい？　おれはこれから飯にするが、お前も食うかい？」

「いや、お腹は空いていないから……」

「そうかい。あんまり無茶するんじゃあねえぜ……」

助五郎は諭すように言うと、自分の家へと戻っていった。

助五郎の応えは、予想通りのものであった。

自分が助五郎の立場であってもそう言うであろう。

明日、お夏の居酒屋へ行って、顚末を話せば何かしらの動きが出るかもしれない。

助五郎に、今日のうちに話せたのはありがたかった。随分とすっきりした。

だが、およウはそれでも落ち着かなかった。

昨日の今日、〝太眉〟に出会ったのは、天恵としか言いようがない。

しかも、見たところ〝太眉〟はいかにも怪しい男であった。きっと何かをしでかしているに違いない。

あの、母の形見の黄楊の櫛は、やはりあ奴が持っていったのだ。

半月形で小梅柄があしらわれていて、およウは子供の頃から、母の櫛が好きであった。

「いつかお前にあげるよ」

母はそう言っては、およう の髪を撫で付けてくれたものだ。

その時の髪の生え際を走る櫛の感触が心地よく、今も忘れ難い亡き母との思い出である。

どれだけ値打ちのある物かはわからないが、見た目がよく、人からは、

「好い櫛をしているねえ」

と、よく言われていた。

お夏が言っていたように、〝太眉〟は地面に落ちた櫛を見て、いくらかになるかもしれないと、行きがけの駄賃に持ち去ったのではないかと、ますます思えてきた。

早く手を打たないと、〝太眉〟はどこかへ消えてしまうかもしれない。

一人になってそんなことを思うと、およう はまた腹が立ってきた。

仕方がない、諦めよう——。

寄辺のない女は、いつもそれですまさねばならないのか。

——あのまま奴を放っておくわけにはいかない。

およりは立ち上がった。

金火箸を一本帯に差し、

――こうなったら、もう誰も頼らない。この手で奴の居処を確かめてやる。

怒りと正義感に背中を押され、気がつけば、およりは長屋を出ていたのであった。

七

およりは、昼間に〝太眉〟を見失ったところへ、吸い寄せられるように向かっていた。

日の高いうちは、それなりに人通りも多く、人に怪しまれることで、〝太眉〟に気付かれるのを恐れて退散した。

しかし、思った通り、日が暮れるとそこは通りの外れにある、人気《ひとけ》のないところとなっていた。

細い道には通行人もなく、およりは念のため、顔を見られぬよう、提灯《ちょうちん》の灯を消して注意深く辺りを見廻した。

軒並み明かりが消えている。

数軒ある仕舞屋は、随分と古めかしく、どこも空き家、または日の高い間の何かの作業場ばかりのようだ。

恐る恐る各戸の前へ立ち、耳を澄ましてみたり、格子窓の隙間から中を窺ってみたりしたが、どこも人がいる様子がない。

すると、一軒だけ淡い光がかすかに揺れている家が見える。

おようがそっと戸口に立って、中の様子を窺うと、人の息遣いはまったくない。

それでも、かすかに灯が点っているのだから、誰かがいるのであろう。

およう は、破れ障子の隙間から、そっと中を窺った。

すると、男が一人、上がり框の向こうで横になっている。

寝入っているようで、その体はピクリともしない。

しかし、薄明かりの中では顔がよく見えないので、その男が〝太眉〟かどうかは確としない。

戸に手をかけてみると、するすると開いた。

ここまでくると、おようはどうしても男の顔を確かめておきたかった。

胸は張り裂けんばかりに高鳴ったが、この機を逃しては、わざわざここまでやって来た甲斐もない。

足音を殺し、土間へと体を滑らせて、寝ている男へそっと寄ってみた。

男は仰向けに寝ている。

今にも消えそうな行灯《あんどん》が、部屋の隅に置かれていて、うっすらと男の顔を照らしていた。

おようは、いつでも逃げられる体勢を整えて、顔を覗き込んだ。

——よし！

心で叫んだ。

角張った顔に太い眉、ぶ厚い唇、鼻には黒子。着ているものも、あの時見た格子縞で帯は三尺を巻いている。

これで十分成果をあげた。

おようは、ひとまず帰ろうと思ったのだが、すぐにその足が竦んだ。

寝ている男の周りに、どす黒い血溜りが見えたのだ。

動かないはずだ。〝太眉〟は殺されていたのである。

あまりのことに叫び声も出なかった。

とにかくここを出ようと思った。

やっとのことで足を上げたが、今度は目の前にぎらりと光る物を見た。

仕舞屋には、死んだ男の他に人がいたのだ。入ったところの土間の左には、長暖簾の出入り口があり、暗がりではその向こうに人が潜んでいるのが、まったくわからなかったのだ。

しかも男が三人――。

そのうちの一人が、およように匕首の白刃を突きつけていた。

「こいつに何か用かい？」

首領らしき黒い影が問うた。

「い、いえ……、昨日、この人に櫛を奪られたと思ったので、か、返してもらおうかと……」

およう は声を震わせながら応えた。

「これかい……？」

首領は、およう の前に、母の形見の櫛を差し出してくれた。

「こ、これです……」

およウは、さっと手に取り、懐に入れた。

「あ、ありがとうございます……」

まさか、こんな形で件の櫛が戻ってくるとは夢にも思わなかったが、〝太眉〟は
この連中に、櫛を奪ったことで殺されたわけではあるまい。

櫛が戻ってきたのを、どう受け止めればいいかわからないが、とにかくここから
出たかった。

少しずつ、戸口へにじり寄ると、匕首の一人が立ち塞がって、

「大事な櫛だったのかい？」

どすの利いた声で訊いてきた。

「は、はい、母親の形見で……。それがあの人に突きとばされて、落したところを
持っていかれたのですよ」

およウはしどろもどろに言った。

「そうかい、悪い奴だなあ」

「は、はい……」

首領が、およように寄って、

「無事、手に戻ってよかったじゃあねえか」

「お蔭さまで……」

「だが、間が悪かったな……」

凄む首領の顔が薄明かりに浮かんだ。

狐のような目付きをした、不気味な面相で、およようはさらに縮みあがった。

――殺される。

しかし、間が悪くて殺されたというのでは死んでも死にきれない。

「この場を見られちゃあ、生かしてはおけねえ。大事な櫛を髪に挿して、あの世へ行くがいいや……」

首領は残忍な笑みを浮かべた。

「た、助けて……」

叫びたかったが、蛇に睨まれた蛙のごとく、声すらあがらなかった。

戸口に立つ匕首の男は、じっとおようを見据えた。

ところが、その時、家の外から、

「人殺し！」

という声が響いたかと思うと、戸ががらりと開いて、匕首の男は、その声の主に棍棒で頭を割られた。

「す、助さん！」

天の助けの正体は助五郎であった。

「は、早く……！」

助五郎は、その場に倒れた匕首の男を踏みつけて、おようの手を引いた。

「あ……」

およう は夢中で、倒れている男をとびこえて、帯に差した金火箸を後の二人に投げつけると、助五郎と共に表へとび出した。

「こっちだ！」

助五郎は、脚力には誰にも負けない自信がある。

しかし、

「待ちやがれ！」

と、追いかける二人の手にも匕首が光っていた。

気が動転したおようは思わずその場に転んでしまった。

「野郎!」

助五郎は気丈に棍棒を振り回して、二人を牽制し、おようを助け起こした。

「行くんだ!」

そして、おようを先に行かせ、自分も後に続いたのだが、その刹那、肩に鈍い痛みを感じた。

追う男の一人に右肩を斬られたのだ。

助五郎の足が鈍る。

そこへ、さらなる一撃を加えんと、追い縋る男――。

ところが、どういうわけか、こ奴は足を押さえてその場に屈み込んだ。

「馬鹿野郎! 追わねえか……」

後から迫る首領は、こ奴を罵った。

助五郎はこの間に、おようの手を引き、前方の角を曲がってさらに駆けた。

「な、なんだ……」

首領は唸り声をあげた。彼の視界から、助五郎とおようが消えた途端。

にゅっと、物陰からそれ者風の、粋な年増女が姿を現したのだ。

化粧ののりがよい白い顔が闇夜に浮かび、ぽってりとした赤い唇が綻んだ。

助五郎にもう一撃加えんとした一人がいきなりその場に屈み込んだのは、この女が陰から放った棒切れが膝に直撃したからだ。

「そこをのきやがれ……！」

首領は、幻を見ているような心地を振り払わんとして、この天から舞い降りたかのような妖しい女に匕首を振りかざした。

女はまるで怯むことなく、棒切れを拾い上げて、それを真っ直ぐに突き入れ、首領を鳩尾《みぞおち》への一撃で地面に這わせた。

さらに振り向きざま、よろよろと立ち上がった今一人の首筋に棒切れを振り下ろし、失神させたのである。

この凄腕の女がお夏であるのは、もはや言うまでもなかろう。

そこにふらりと着流し姿の浪人が現れた。

こちらは河瀬庄兵衛である。今日は腰に大小をたばさんでいるが、

「まず、おれが出てくるまでもなかったようだな」

と、苦笑した。

この日。

おようが〝太眉〟を見かけ、目黒不動の仁王門を入ったところの掛茶屋にいるのをそっと見張っていた時。

庄兵衛もまた、〝太眉〟を見つけて見張っていたのであった。

おようは気付いていないが、それから彼女がここまで〝太眉〟を尾行してきたのも、庄兵衛は見届けていた。

その後、おようが長屋に戻ると、庄兵衛はお夏にこのことを報せてから、大家の玄之助を訪ねた。

以前から、玄之助は庄兵衛に絵の教授を願い出ていたからだ。

玄之助は庄兵衛を歓待したが、庄兵衛は木戸の近くにあるおようの家の動きを注視していた。

玄之助の家の窓からは、長屋を出入りする者の動きがよく見えるのだ。

庄兵衛は、もしやおようが何らかの動きを見せるのではないかと案じていた。

〝太眉〟の居処を、庄兵衛は摑んだが、おようは見失っていたように思えたからだ。

案の定、およようは動いた。

これはさぞかし、岩屋弁天の西の細道を入った、〝太眉〟の居処を確かめに行くのだと思い、ここで庄兵衛は玄之助の家を辞し、およようのあとを追わんとした。

既に居酒屋のお夏には、〝太眉〟の潜伏場所を伝えてあった。

すると、およようの家を覗く助五郎の姿が見えた。

助五郎は、どうやらおようを訪ねて、今日一日の話を聞いてやった上で、今は動かぬようにと諭したものの、やはり気になって覗きに行ったというところであろう。

するとおようが留守なので、彼もまた、

「もしや、〝太眉〟の野郎を捜しに行ったのかもしれねえや」

そんな胸騒ぎにかられたのに違いない。

そのまま小走りで、おようから聞いた場所へと向かったのだ。

そして庄兵衛は、助五郎とおようを見守る。

すると、〝天女〟となったお夏が合流した。

おようの間の悪さが神がかりならば、お夏の間のよさも、真に神がかっているといえよう。

「さて、後はおれが番所に報せておこう」

　庄兵衛がお夏に言った。

「手間をとらせてしまいましたねえ」

「いやいや、この度もまた、いこう楽しかったよ」

　庄兵衛はにこりと笑うと、

「だがお嬢、助五郎が匕首で怪我を負ったのも、考えた上のことかい？」

　と訊ねた。

　助五郎が肩を斬られる前に、棒切れを投げられたはずなのに、意図的に間をずらしたかのように思えたのだ。

「さすがに旦那の目は欺けませんねえ。なに、ちょいとあの唐変木に怪我をさせてやろうかと思いましてね。その方が何かと都合が好いのでね。駕籠を舁く方は無事ですから……」

　お夏はニヤリと笑って、夜のしじまに消えていった。

「なるほど、そういうことか……」

　庄兵衛はふっと笑った。

その頃。

おようと助五郎は、互いを労り合いながら、玄之助長屋へ向かって駆けていた。

すぐ近くの木戸番にでも助けを求めればよいものを、二人はとにかく遠くへ逃げたかったのだ。

「助さん、あんた、あれから覗きにきてくれたのかい？」

「ああ、お前は昨日から気が立っていたから、何かやりかねねえと思ったのさ」

「ほんによくきてくれたよ。命の恩人だよ」

「それほどのもんでもねえよ」

「肩の傷はどうだい？」

「こんなものはかすり傷だよ。明日はまた駕籠を担げるさ」

「無理しちゃあいけないよ」

「大丈夫だよ。源三が困っちまうからよう」

おようは胸が熱くなってきた。

唐変木であろうが、朴念仁であろうが、この世にこれほど自分を見てくれる男がいるだろうか。

数年前に亡くなった亭主には申し訳ないが、亭主は変わり者ではなくても、自分を怒らせもせず、さして喜ばせもしなかった。

「助さん、あんたどうして、わたしを助けようとしてくれたのさ？」

「そいつは……、おそらく……」

「おそらく……？」

「お前が好きだから……、かもしれない」

「かもしれない？」

「好きな、ような気がする」

「ような気がする？」

「とにかく逃げようぜ……」

筋金入りの唐変木である。

しかし、無愛想で理屈っぽいこの男の物言いが、今は心地よくて仕方がなかった。

「助さん、疲れたよ……」

「ああ、お前の体の動かし方は無駄が多いんだよ。早くおぶされ……」

助五郎は、おようをおんぶして、照れくささを消しさらんと、一目散に駆け出した。

八

およう と助五郎は無事長屋に着き、大家の玄之助に助けを求めた。

だが既に、河瀬庄兵衛が近くの木戸番を走らせ、悪人達は御用となった。

〃太眉〃を殺害したのは、南蛮の権兵衛《ごんべえ》という抜荷の密売人と、その一味であった。

殺された〃太眉〃は、権兵衛の乾分であったのが、権兵衛を裏切り仲間と二人で、抜荷の品を横流しした。

しかしそれが露見して、仲間を始末して品物を返せば、命ばかりは助けてやると権兵衛に脅された。追い詰められた〃太眉〃は目黒不動裏手の藪《やぶ》に仲間をおびき出して殺し、権兵衛に命乞いをした。

しかし、権兵衛は許したふりをして、〃太眉〃を殺害した。

そして、引き上げんとしたところ、隠れ家にしていた仕舞屋に、およう が入ってきたのであった。

やがて件の藪から、仲間の骸《むくろ》も見つかった。

捕えられた権兵衛は、女一人に打ち倒されたと言うのも業腹で、

「何やらわけがわからねえうちに不覚をとりやした」

と言ったので、

「あの助五郎が、三人を相手に棒切れでやり合って、見事におようさんを助け出したらしいぜ」

という評判が広がった。

訳がわからなかったのは、助五郎も同じであったが、夢中で振り回した棍棒が当っていたのかもしれないとは思った。

「助さん、大したものじゃあねえか」

方々で称えられると、

「いや、おれはただ死にもの狂いでかかったから、奴らを打ち倒したかどうかも、よくわからねえのさ」

そんな風に応えたものだ。

その後、お夏が河瀬庄兵衛の庵を訪ねると、

「助五郎が、傷を負った甲斐はあったかな？」

庄兵衛は、ニヤリとして訊ねた。

「ええ、そりゃあもう……」

お夏は、してやったりの表情を浮かべた。

あれから、およう は毎日助五郎の家に顔を出して、

「傷は何ともないかい。痛まないかい？」

と、やさしく問いかけているらしい。

助五郎は、これを面倒がらず、二人でお夏の居酒屋に飯を食べに来る日も増えた。

勇名が轟き、ほとんど会ったことのないような者まで訪ねてくるので、なかなか落ち着いて自炊をしていられないのだ。

およう も、自分があんな大胆なことをしでかし、危うく殺されそうになり、そしてもう諦めるしかないと思っていた形見の櫛が戻ったという奇跡に、未だに気持ちが落ち着かずにいた。

そんな二人が、どこにいるよりも落ち着くのが、お夏の店なのであろう。

周りからは恋仲の二人にはまるで見えないが、当人同士は互いの気持ちをわかり

合っているようだ。

はっきりと口に出して、

「好きだ。惚れちまった」

と言わずとも、伝わる想いもある。

助五郎にとっては、そんな言葉はそれこそ無駄なのであろう。

そして、おようはもう自分のことを、

「間の悪い女よねえ……」

と、嘆くことはないだろう。

「うちの居酒屋で、やけ酒を飲むこともね……」

お夏は、深まる秋の風情を慈しむように言った。

この作品は書き下ろしです。

鯰《なまず》の夫婦《ふうふ》

居酒屋《いざかや》お夏《なつ》 春夏秋冬《しゅんかしゅうとう》

岡本《おかもと》さとる

令和4年4月10日　初版発行

発行人――石原正康
編集人――高部真人
発行所――株式会社幻冬舎
〒151-0051東京都渋谷区千駄ヶ谷4-9-7
電話　03(5411)6222(営業)
　　　03(5411)6211(編集)
　　　振替00120-8-767643
印刷・製本―中央精版印刷株式会社
装丁者――高橋雅之

幻冬舎時代小説文庫

ISBN978-4-344-43182-9　C0193　お-43-15

幻冬舎ホームページアドレス　https://www.gentosha.co.jp/
この本に関するご意見・ご感想をメールでお寄せいただく場合は、
comment@gentosha.co.jpまで。